2分《ぶん》の1フレンズ②

キミとの日々《ひび》はトラブルだらけ！？

浪速《なにわ》ゆう・作
さくろ・絵

角川つばさ文庫

人物紹介《じんぶつしょうかい》

白石《しらいし》梨《り》乃《の》

碧葉《あおば》の元《もと》カノ。1年《ねん》C組《ぐみ》。
可愛《かわい》いけれど言葉《ことば》にトゲがある。

桃瀬真魚《ももせまお》

中学《ちゅうがく》1年《ねん》B組《ぐみ》
人《ひと》と話《はな》すのが苦手《にがて》。
アニメ『魔導戦士《まどうせんし》
ジュエル』が大好《だいす》き。

黄野翔真《きのしょうま》

1年《ねん》C組《ぐみ》。
アニメ『魔導戦士《まどうせんし》ジュエル』
にでてくるダイヤにそっくり。

鈴川《すずかわ》 翠《みどり》

梨乃《りの》の友《とも》だち。
話《はな》すのがゆっくり。
ネイルが大好《だいす》き。

皇《すめらぎ》 碧葉《あおば》

真魚《まお》のクラスメイトで、
学年《がくねん》イチのモテ男子《だんし》。
実《じつ》はちょっと腹黒《はらぐろ》。

皇《すめらぎ》 茉由赤《まゆか》

小学《しょうがく》３年生《ねんせい》。碧葉《あおば》の妹《いもうと》。
『魔導戦士《まどうせんし》ジュエル』の大《だい》ファン。
オシャレが好《す》き。

Start

もくじ

Goal

1 現《げん》実《じつ》世《せ》界《かい》に、ダイヤさま!?

人気《ひとけ》のない校舎裏《こうしゃうら》で、ベンチに座《すわ》る男《おとこ》の子《こ》。

目立《めだ》たない、なんてことない場所《ばしょ》。

それなのに舞台《ぶたい》のスポットライトが当《あ》たったかのように、存在感《そんざいかん》を見《み》せてる。

どうしてわたしは、彼《かれ》の存在《そんざい》に今《いま》まで気《き》づかなかったのでしょう。

彼《かれ》は、わたしの大好《だいす》きなキャラ『**ダイヤ**』さま！

「うう……わたくし、**桃瀬真魚**《ももせまお》はファン失格《しっかく》です」

「ファン失格《しっかく》の前《まえ》に、おれの彼女役《かのじょやく》として失格《しっかく》じゃない？」

背後《はいご》からニュッと顔《かお》を出《だ》したのは、キラキラ族《ぞく》の王《おう》さま、**皇碧葉**《すめらぎあおば》くん！

「**ぎゃー！**　びっ、びっくりした！」

キラキラ族《ぞく》は、急《きゅう》に現《あらわ》れないでいただきたい！　心臓《しんぞう》に悪《わる》いから!!

ちなみにキラキラ族《ぞく》っていうのは、皇《すめらぎ》くんみたいに人当《ひとあ》たりもよくて人気者《にんきもの》。

コミュニケーション能力《のうりょく》だって高《たか》い——すみっこ族《ぞく》のわたしとは真逆《まぎゃく》の種族《しゅぞく》。

すみっこ族《ぞく》とは、人見知《ひとみし》りで、コミュ力《りょく》が低《ひく》い人《ひと》のこと。

そんなキラキラ族《ぞく》の彼《かれ》が、わたしの彼氏《かれし》なのです。

——って、**ぎょえええええ！**

自分《じぶん》で自分《じぶん》のセリフに、思《おも》わずさけびそうになっちゃった!!

それもそのはず、わたしたちは本物《ほんもの》のカップルじゃない。

ギブ・アンド・テイクが一致《いっち》しただけの関係《かんけい》だ。

「すすす、皇《すめらぎ》くん！　なぜこんなところに!?」

にっこりと微笑《ほほえ》むキラキラ族《ぞく》。

「うまく隠《かく》れてるつもりだろうけど、上《うえ》からは丸見《まるみ》えだからな」

スッと長《なが》い指《ゆび》でさし示《しめ》したのは、わたしのすぐ真隣《まとなり》にある校舎《こうしゃ》。

「っていうか、桃瀬《ももせ》こそ、**なんでこんなところで隠《かく》れてんの？**」

皇《すめらぎ》くんは笑《わら》ってるのに、なぜだか背筋《せすじ》が凍《こお》りそうな冷気《れいき》を感《かん》じる！

これは一体《いったい》、どういう魔法《まほう》なの？

「あの、その、こっこれには訳《わけ》が……」

「ふうーん。あ、そっか」

皇《すめらぎ》くんは、茂《しげ》みの向《む》こうに見《み》えるダイヤさまに目《め》を向《む》けた。

「桃瀬《ももせ》は『**魔導戦士《まどうせんし》ジュエル**』の大《だい》ファンだもんな」

『魔導戦士《まどうせんし》ジュエル』というのは、わたしがどハマりしているアニメ。

幼稚園《ようちえん》〜小学《しょうがく》1年生《ねんせい》くらいまでの子《こ》に大人気《だいにんき》なんだ。

「あそこにいるアイツ、桃瀬《ももせ》の好《す》きなキャラにそっくりなんだろ？」

「そっ、そっくりどころか、本物《ほんもの》です！」

ジュエルに出《で》てくる、ミステリアス男戦士《おとこせんし》『ダイヤ』さま。

その整《ととの》ったお顔《かお》はもちろん。

髪型《かみがた》や髪色《かみいろ》、目《め》の下《した》にあるほくろまで――**完全一致《かんぜんいっち》**！

「あの方《かた》がダイヤさまじゃないというのなら、誰《だれ》がダイヤさまだというのですか!?」

「いや、知《し》らねーわ」

さっきまではかろうじて、笑《わら》ってくれていた皇《すめらぎ》くん！

今《いま》ではズモモモモ……なんて暗黒《あんこく》のオーラを感《かん》じます!!

さらに皇《すめらぎ》くんは、わたしのほおをつかんで、**みょーん**と引《ひ》き伸《の》ばした。

「ってかさ、おれという彼氏《かれし》がいるのに、他《ほか》の男《おとこ》をのぞき見《み》？　**正気《しょうき》なの？**」

「ふっ、ふみまへん！」《すっすみません》

「知《し》ってる？　こういうのって、世《よ》の中《なか》では**ウワキ**って呼《よ》ぶんだぞ」

「たっ、ただ見《み》てるだけなのに!?　つき合《あ》ってるわけじゃないのに!?」

「つき合《あ》ってたら完全《かんぜん》にアウトだろ。でもこうやって見《み》つめてるのもダメだな」

な・ん・とっ!!

「だってさ、好《す》きな気持《きも》ちがあって見《み》てるわけだろ？　**心《こころ》のウワキはもっとタチが悪《わる》いじゃん**」

心《こころ》のウワキっ!?　なんてパワーワード!!

「じゃ、じゃあ、わたしはもう、推《お》し活《かつ》すらしてはいけないの!?」

皇《すめらぎ》くんの手《て》が離《はな》れたと同時《どうじ》に、言葉《ことば》が口《くち》をついて出《で》てきた。

「リアルじゃなければいいよ。ってことで、スクールメイトはやめてよね」

ガビーン!!

「そ、そんな……それはわたしに、**切腹《せっぷく》せよ**という意味《いみ》なの？」

「全然《ぜんぜん》、違《ち》げーわ」

目《め》の前《まえ》にダイヤさまがいるのに推《お》せないなんて、生命《せいめい》の危機《きき》を感《かん》じます……。

「桃瀬《ももせ》にはさ、アイツに負《ま》けないほどのイケメンが、すぐそばにいるじゃん」

言《い》いながら、親指《おやゆび》で自分《じぶん》を指《さ》してる。

自分《じぶん》で自分《じぶん》をイケメンなんて言《い》っちゃうところが、キラキラ族《ぞく》ですね！

「おれのことを推《お》せばよくない？　イケメンで彼氏《かれし》って、最強《さいきょう》じゃん」

なんということでしょう〜!!

「皇《すめらぎ》くんはなにもわかってない！　こ、これだからクラスの人気者《にんきもの》で、学年一《がくねんいち》のモテ男子《だんし》で、常《つね》にキンキラまばゆいキラキラ族《ぞく》のトップで、コミュ力《りょく》もある非《ひ》オタクはっ！」

「……おれ、ほめられてるの？　それとも、けなされてるの？」

判断《はんだん》に困《こま》った顔《かお》で、皇《すめらぎ》くんはほおをポリポリと掻《か》いた。

「とにかく、**人《ひと》から推《お》せと言《い》われてそうできるほど、簡単《かんたん》な話《はなし》じゃないんです！」**

オタクレベル0《ゼロ》のキラキラ族《ぞく》の皇《すめらぎ》くんは、わたしの心理《しんり》をなにひとつわかってない！

こうふんしたわたしは、思《おも》わずガバッと立《た》ち上《あ》がった。

だけど頭《あたま》に血《ち》がのぼったせいか、思《おも》わず体《からだ》がよろめいてしまう。

背後《はいご》には茂《しげ》み。わたしの体《からだ》は、そこに飲《の》み込《こ》まれるように倒《たお》れて——ポフッ。

…………ん？　**ポフッ？**

「こんなところで、なにしてるの？」

頭《あたま》のすぐ上《うえ》から聞《き》こえる声《こえ》に合《あ》わせて、視線《しせん》を向《む》ける。

するとそこには——**ダイヤさま!?**

「○×◇@△!!」

いいいい、一体《いったい》、いつの間《ま》にっ！

というか、近《ちか》い！　お顔《かお》が、存在《そんざい》が、わたしのすぐそばにっ!!

しかもわたしの体《からだ》を受《う》け止《と》めてくれている!?

「桃瀬《ももせ》を助《たす》けてくれて、ありがとう」

皇《すめらぎ》くんは言《い》いながら、わたしの腕《うで》を引《ひ》っ張《ぱ》った。

「ふたりきりになりたくてウロウロしてたら、桃瀬《ももせ》が足《あし》をひねってよろめいたんだ」

なっ？　って問《と》いかけてくる皇《すめらぎ》くんの笑顔《えがお》が、いつにも増《ま》して、キラキラしてる。

皇《すめらぎ》くんのニセカップルスイッチが入《はい》りました。

「ふたりきり？　なんで？」

ダイヤさまのクールな表情《ひょうじょう》が、一瞬《いっしゅん》だけ険《けわ》しくなったように見《み》えた。

「それに、**桃瀬《ももせ》さんは怖《こわ》がってるように見《み》えるけど？**」

……あれ？

思《おも》わずシパパパパッと、複数回《ふくすうかい》まばたきしてしまう。

気《き》のせいでしょうか。

今《いま》、ダイヤさまの口《くち》から、『**桃瀬《ももせ》さん**』なんて言葉《ことば》が聞《き》こえた気《き》がしますが……？

「怖《こわ》がってるんじゃなくて、テレてるだけだよな？　**おれら、つき合《あ》ってるし**」

その問《と》いかけに、ハッと我《われ》に返《かえ》る。

思《おも》わずブンブンブンと頭《かぶり》をふって、ニセカップルストーリーに参戦《さんせん》だ。

だけど、ダイヤさまの様子《ようす》が、どうもおかしい。

「**……つき、合《あ》ってる？**」

わたしのコミュ力《りょく》はマイナスだけど、顔色《かおいろ》をうかがう能力《のうりょく》には優《すぐ》れてる。

だからこそ、表情《ひょうじょう》がほとんど変《か》わらないダイヤさまの、違和感《いわかん》に気《き》がついた。

「いつから？」

「いつからって……こないだの遠足《えんそく》より前《まえ》だから、もうすぐ2ヶ月《かげつ》くらい？」

ダイヤさまの長《なが》いまつ毛《げ》が、**ピクピクッ**て小刻《こきざ》みに揺《ゆ》れた。

「そっか。**そうだったんだ**」

マジマジと見《み》つめてくるダイヤさまに、わたしは思《おも》わず息《いき》を止《と》めてしまう。

「ふたりの邪魔《じゃま》をして、悪《わる》かったね」

表情《ひょうじょう》の読《よ》めないダイヤさま。

そんなダイヤさまが、ほんのり目《め》を伏《ふ》せた様子《ようす》に、思《おも》わずわたしの胸《むね》がうずく。

アニメのジュエルで、ダイヤさまがそういう顔《かお》をする時《とき》はなにかしら悲《かな》しみを抱《かか》えてた。

だからわたしは。

「あああ、あのっ！」

ちょうど彼《かれ》が背中《せなか》を向《む》けたシュンカン、思《おも》わず声《こえ》をかけてしまった。

ダイヤさまのさっきの表情《ひょうじょう》を見《み》たら、なんだか放《ほう》っておけなくて。

だっ、だけど、なにを話《はな》せば……！

落《お》ち着《つ》くんだ真魚《まお》！

こういう時《とき》こそ、前《まえ》に皇《すめらぎ》くんからしてもらったレクチャーの出番《でばん》じゃないか。

ふーって、大《おお》きく深呼吸《しんこきゅう》をして、気持《きも》ちを整《ととの》える。

そのおかげで、少《すこ》し頭《あたま》が冷静《れいせい》になった気《き》がする。
目《め》を直接《ちょくせつ》は見《み》られないから、眉《まゆ》と眉《まゆ》の間《あいだ》に視線《しせん》を向《む》ける。
それから、さっきからずっと気《き》になってたことを口《くち》にした。
「えええっと、その……**わたしのこと、知《し》ってるのですか？**」
ドキドキドキドキ。思《おも》わず高鳴《たかな》る胸《むね》の鼓動《こどう》。
さっき、ダイヤさまはわたしを『桃瀬《ももせ》さん』って呼《よ》んだ。
99%、聞《き》き間違《まちが》いの可能性《かのうせい》が高《たか》い。
だけど妄想《もうそう》じゃない1%に、わたしはかけてみたい。
そう思《おも》ってくちびるを引《ひ》き結《むす》んだら。
「……知《し》ってるよ。**B組《ぐみ》の桃瀬真魚《ももせまお》さん、でしょ？**」
言葉《ことば》とともに、口《くち》の端《はし》をほんの少《すこ》し引《ひ》き上《あ》げた小《ちい》さな笑顔《えがお》。

——ズキューン!!

桃瀬真魚《ももせまお》、死亡《しぼう》。
死因《しいん》：ダイヤさまの笑顔《えがお》と言葉《ことば》に、心臓《しんぞう》をうち抜《ぬ》かれて。

死《し》の直前《ちょくぜん》の一言《ひとこと》…くいだらけのわたしの人生《じんせい》、最後《さいご》は大変幸《たいへんしあわ》せでした。

思《おも》わず両手《りょうて》で心臓《しんぞう》のある左胸《ひだりむね》を押《お》さえる。

わたしは知《し》っている……ダイヤさまは基本《きほん》、ポーカーフェイス。

笑顔《えがお》はあまり見《み》せないだけに、あれは間違《まちが》いなく**ダイヤさま流《りゅう》の満面《まんめん》の笑《え》み！**

というか、**ダイヤさまがわたしのことを知《し》っていました!!**

それがなにより、ショウゲキ的《てき》です!!

「桃瀬《ももせ》、胸《むね》がどうしたんだ？　痛《いた》いのか？」

押《お》さえっぱなしだった胸《むね》から手《て》を下《お》ろすと、皇《すめらぎ》くんがわたしの右手《みぎて》を取《と》った。

「病気《びょうき》かもしれないし、休《やす》み時間《じかん》が終《お》わる前《まえ》に、保健室《ほけんしつ》に行《い》こう」

ええっ、違《ちが》います！　大丈夫《だいじょうぶ》です!!

そう伝《つた》えようとしたんだけど、皇《すめらぎ》くんが心配《しんぱい》そうに眉毛《まゆげ》のはしっこを下《さ》げた。

けれどわたしにだけ見《み》えるように、声《こえ》を出《だ》さずに口《くち》をパクパクさせて――。

ウワキ者《もの》

ぎゃひー！　うち抜《ぬ》かれた心《こころ》に気《き》づかれてました!!

「ってことで、悪《わる》いな。おれは桃瀬《ももせ》を連《つ》れて保健室《ほけんしつ》に行《い》くよ」

皇《すめらぎ》くんはわたしの手《て》を引《ひ》いて、ズンズンと歩《ある》き出《だ》した。

引《ひ》っ張《ぱ》られながら一度《ど》だけ、ふり返《かえ》る。

するとダイヤさまはまた、**どこか悲《かな》しそうにわたしたちを見《み》つめていたんだ――。**

2 夢《ゆめ》で見《み》たお姫《ひめ》さま抱《だ》っこ

放課後《ほうかご》になると、今日《きょう》はバスケ部《ぶ》の助《すけ》っ人《と》を頼《たの》まれてると言《い》って、先《さき》に教室《きょうしつ》を出《で》た皇《すめらぎ》くん。

足《あし》を気《き》づかってか、最近《さいきん》は皇《すめらぎ》くんが一緒《いっしょ》に下校《げこう》してくれてたから、なんだか新鮮《しんせん》かも。

校門《こうもん》を出《で》ようとしたところで、どこからともなく鳴《な》き声《ごえ》が聞《き》こえて、足《あし》を止《と》めた。

すると少《すこ》し離《はな》れた先《さき》にある木《き》の上《うえ》には、ネコが！


あのブチ柄《がら》は、**ダイヤさまのそばにいたネコちゃんではっ!?**

しかもミャーミャーと鳴《な》く姿《すがた》は、どうやら木《き》から降《お》りられなくなった様子《ようす》。

桃瀬真魚《ももせまお》、またの名《な》を**ジュエルの戦士《せんし》『ローズクォーツ』**！

わたしは制服《せいふく》のリボンにつけてる、『ジュエル』のバッジを握《にぎ》りしめ——いざっ！

「さぁ、おいで！　わたしが受《う》け止《と》めてあげるから！」

そう言《い》うと、「ニャァァァァ！」なんて、さっきよりも激《はげ》しく鳴《な》いている。

さらに、ネコちゃんのしっぽが、直立《ちょくりつ》するように逆立《さかだ》った。

……どっ、どうやらわたしは、警戒《けいかい》されているようです。

「ああ、安心《あんしん》して！　わたしはキミの味方《みかた》です！」

そう言《い》って、両手《りょうて》を広《ひろ》げて見《み》せると……。

「……フニャーン」

ネコちゃんの逆立《さかだ》っていたしっぽがたれ下《さ》がり、わたし目《め》がけてジャンプ。

警戒《けいかい》がとけたことのよろこびで、わたしのほおがゆるんだタイミングだった。

「**あぶない！**」

そんな声《こえ》が背後《はいご》から聞《き》こえた。

だけどわたしは、ネコちゃんを抱《だ》きとめてあげることに、全集中《ぜんしゅうちゅう》！

……って、あれ？

ネコちゃんの体《からだ》は、わたしの胸《むね》の中《なか》――ではなく、**頭上《ずじょう》？**

「**あいたっ！**」

ゲシッとわたしの頭《あたま》を足蹴《あしげ》にし、再《ふたた》びピョーンとジャンプ。

その衝撃《しょうげき》におどろいて、前《まえ》かがみで倒《たお》れてしまう！

こつ、**今度《こんど》こそ、転《ころ》んじゃうっ!!**

そう思《おも》ったタイミングで、背後《はいご》からガシッと誰《だれ》かの腕《うで》が。

「…………大丈夫《だいじょうぶ》？」

まるでそよいだ風《かぜ》で葉《は》がこすれ合《あ》うような、耳当《みみあ》たりの良《い》い声《こえ》。

この声《こえ》は、まさかまさかまさかの――！

「ダッ、ダイヤさま!!」

ぐりんと顔《かお》だけふり返《かえ》り、背後《はいご》に立《た》つ人物《じんぶつ》に目《め》を向《む》ける。

やっぱり、わたしを助《たす》けてくださったのは、**あのダイヤさまだった……！**

しかも、本日《ほんじつ》二度目《どめ》!!

ここは現実《げんじつ》ですか？　夢《ゆめ》ですか？　**アニメの世界《せかい》の中《なか》ですか？**

おどろきすぎて、腕《うで》を離《はな》されたタイミングで、へにゃりとその場《ば》に座《すわ》り込《こ》んでしまう。

「大丈夫《だいじょうぶ》？　ケガしちゃった？」

わたしはブンブンと風《かぜ》を切《き》るように、首《くび》を左右《さゆう》にふる。

そんな様子《ようす》を見《み》ながら、わたしの視線《しせん》に合《あ》わせるように、ダイヤさまがしゃがみ込《こ》んだ。

「このネコを助《たす》けようとしてくれたんだよね？」

わたしの頭《あたま》を蹴《け》った、ネコちゃん。

そのネコちゃんが、ダイヤさまの肩《かた》の上《うえ》でゴロゴロと、のどを鳴《な》らしている。

この差《さ》は、なんなのでしょうか……悲《かな》しい……。

「遠《とお》くから見《み》えたんだけど、来《く》るのが一歩《いっぽ》遅《おそ》かったみたい。ごめん」

全然悪《ぜんぜんわる》くないダイヤさまが、頭《あたま》を下《さ》げてくれている。

「そっ、そのネコちゃんは、ダイヤさまの……？」

下《さ》がった頭《あたま》が再《ふたた》び上《あ》がり、わたしと目《め》が合《あ》いそうになったシュンカン、すかさずわたしは目《め》をそらす。

「ううん、違《ちが》うよ。この子《こ》は学校《がっこう》の近《ちか》くに暮《く》らしてるみたい。名前《なまえ》がないと呼《よ》びづらいから、ぼくはミケって呼《よ》んでるんだ」

ミケネコだからミケちゃん、かな？　かわいい。

「……そっか。野良《のら》ネコちゃんでしたか」

首輪《くびわ》がついてないから、きっとそうだよね？

「ちゃんとご飯《はん》は食《た》べてますか？　お腹空《なかす》かせてないですか？」

なんて言《い》いながらミケちゃんに触《ふ》れようとしたら、再《ふたた》びフギャ！　と鳴《な》かれました。

思《おも》わずブルブルと震《ふる》えながら、手《て》を引《ひ》っ込《こ》めちゃう。

動物《どうぶつ》とも仲良《なかよ》くできない、桃瀬真魚《ももせまお》。悲《かな》しい……。

「やっぱり桃瀬《ももせ》さんは、優《やさ》しいよね」

ボソリとつぶやいた言葉《ことば》が、よく聞《き》こえなくて首《くび》をかしげてしまう。

そんなわたしを見《み》て、ダイヤさまは目元《めもと》をほんのりゆるめて、笑《わら》った。

――ぎゃひぃぃぃぃい！

思《おも》わず両手《りょうて》で顔《かお》を隠《かく》してしまう。

至近《しきん》キョリで見《み》る、ミステリアス男子《だんし》、ダイヤさまの笑顔《えがお》はプライスレス！

その笑顔《えがお》、心《こころ》の中《なか》に永久保存《えいきゅうほぞん》です！

「桃瀬《ももせ》さん、立《た》てる？」

し、しまった！　はしたなく、地面《じめん》に座《すわ》りっぱなしでした！

「あっ、だ、大丈夫《だいじょうぶ》――」

言《い》いながら立《た》ちあがろうとしたけど……あれ？

たっ、立《た》てない。足《あし》、腰《こし》？　に、力《ちから》が入《はい》らない。

「やっぱりケガしたの？　そういえば〝こないだ〟まで、松葉杖《まつばづえ》をついてたよね？」

ダイヤさまはわたしの足《あし》に、目《め》を向《む》けてる。

ケガはしてないし、もう足《あし》はなんともない。

だけどそのことを否定《ひてい》しそこねてしまった。

そもそもなんでダイヤさまが、わたしがケガしてたことを知《し》ってるんだろう？

そんな疑問《ぎもん》と、どうやって返事《へんじ》をするべきかで悩《なや》んでいる間《あいだ》。

ダイヤさまの両手《りょうて》がわたしに伸《の》びてきて――体《からだ》が宙《ちゅう》に浮《う》いた。

「ぴゃいぃぃー!!」

ダイヤさまに**お姫《ひめ》さま抱《だ》っこをされています!?**

待《ま》て待《ま》て、真魚《まお》。

このシチュエーションであれば、何度《なんど》も出《で》くわしたことがあるでしょ。

夜《よる》、ふかふかのベッドの中《なか》で見《み》た――**夢《ゆめ》で！**

ということは、これは夢《ゆめ》だ。

ダイヤさまのうるわしいお顔《かお》に触《さわ》ろうとしたら、きっと目《め》が覚《さ》めるはず。

――**ペタリ。**

手《て》のひらに広《ひろ》がる、温《あたた》かな体温《たいおん》。

この鼻《はな》の高《たか》さといい、指《ゆび》に触《ふ》れるサラサラな髪《かみ》といい、リアルだ。

「桃瀬《ももせ》、さん……？」

表情《ひょうじょう》があまり変《か》わらないけれど、ダイヤさまの淡《あわ》い緑色《みどりいろ》をした瞳《ひとみ》が、ほんのり揺《ゆ》らいだ。

そんな表情《ひょうじょう》を、この至近距離《しきんきょり》で見《み》てしまったわたしは――**脳内爆弾《のうないばくだん》がパーンとハレツした。**

「すっ、すすす、すみませんんんっ！　わたしみたいな凡人《ぼんじん》がダイヤさまのお顔《かお》に!?　成績《せいせき》だって中《ちゅう》の下《げ》、体育《たいいく》は下《げ》の下《げ》、教室《きょうしつ》の隅《すみ》に生息《せいそく》するすみっこ族《ぞく》のくせに、なんということを!!　どっ、土下座《どげざ》しておわびを……って、**ぎゃひっ！**　地面《じめん》が遠《とお》くて手《て》が届《とど》きませんっ!!」

「桃瀬《ももせ》さん、あの――」

「かっ、かくなる上《うえ》は、エエエ、エアー土下座《どげざ》でも？　いやいや、エアー土下座《どげざ》はなんちゃって土下座《どげざ》なので、もっと失礼《しつれい》かも!?　たっ、正《ただ》しい土下座《どげざ》は確《たし》か三《み》つ指《ゆび》を立《た》てて、人差《ひとさ》し指《ゆび》、中指《なかゆび》、親指《おやゆび》が地面《じめん》につくように……って、それはてい**ねいなあいさつの仕方《しかた》でした!!」**

たとえるならば、京都《きょうと》の芸者《げいしゃ》さんや舞妓《まいこ》さん。

そういう人《ひと》たちが、お客《きゃく》さまをもてなすようなあいさつがそれだ。

前《まえ》にテレビで聞《き》いた内容《ないよう》を思《おも》い返《かえ》してると、おどろいたようにパチパチとまばたきを繰《く》り返《かえ》してるダイヤさまが目《め》にとまる。

そのお顔《かお》を見《み》て再《ふたた》びさけびそうになったのを、必死《ひっし》にこらえて——って、待《ま》って。

さっきダイヤさまがなにか言《い》おうとしたのを、途中《とちゅう》でさえぎっちゃったような……?

ついこないだ、皇《すめらぎ》くんのレクチャーで学《まな》んだこと。

——『先《さき》に話《はな》し出《だ》した人《ひと》がいたら、その人《ひと》の

話《はなし》を最後《さいご》まで聞《き》く。自分《じぶん》が話《はな》すのはその後《あと》だ』

って、言《い》われてたのに!!

どど、どうしようっ！

ここはダイヤさまがもう一度《いちど》話《はな》してくれるのを、待《ま》ってみる？

チラリと視線《しせん》を向《む》けてみるけど、ダイヤさまはわたしに向《む》けて小首《こくび》をかしげただけだった。

タッ、**タイミングを逃《のが》してしまった気《き》がします！**

待《ま》つって、いつまで!?

なん分《ぷん》なん秒《びょう》なんミリ秒《びょう》——地球《ちきゅう》がどれくらい廻《まわ》ったタイミングッ!?

再《ふたた》び脳内爆弾《のうないばくだん》が爆発《ばくはつ》するカウントがはじまった、そんなタイミングで、

「……桃瀬《ももせ》さんって、すごくおしゃべりだったんだね」

わたしの気持《きも》ちを鎮《しず》めてくれるような、静《しず》かで優《やさ》しい声《こえ》が聞《き》こえたんだ。

口元《くちもと》だけをほんのり三日月《みかづき》につりあげた、ダイヤさまの笑顔《えがお》。

「物知《ものし》りな桃瀬《ももせ》さんは、すごく知的《ちてき》で……素敵《すてき》だ」

「そっ、それは誰《だれ》に対《たい》する言葉《ことば》ですか？　ささっ、さっき桃瀬《ももせ》さんという名前《なまえ》が聞《き》こえた気《き》がするのですが、それはどこぞの桃瀬《ももせ》さんですか？」

恐《おそ》る恐《おそ》る聞《き》いたら、ダイヤさまは――プハッと声《こえ》を出《だ》して、笑《わら》った。

「ぼくの視界《しかい》と、ぼくの腕《うで》の中《なか》にいる、桃瀬真魚《ももせまお》さんに対《たい》する言葉《ことば》だよ」

――あっ。

意識《いしき》をしないようにしてたのに、ダイヤさまのこの一言《ひとこと》で、わたしの中《なか》にある羞恥心《しゅうちしん》という波《なみ》が、ザブンザブンと押《お》し寄《よ》せてきた。

さらにダイヤさまが声《こえ》をあげて笑《わら》うシーンなんて、ジュエルでも見《み》たことがない！

そのせいで思《おも》わず顔《かお》を上《あ》げてみたら、ダイヤさまとガッチリ目《め》が合《あ》ってしまいました!!

しかも、こんな超近《ちょうちか》いキョリで!?

「にゃひぃぃぃぃぃぃ!!」

恥《は》ずかしさから、さけびながら手足《てあし》をバタバタしていた――そんな時《とき》だった。


「**ねぇ、何《なに》してんの？**」


この黒《くろ》いキラキラは。

そして、聞《き》き覚《おぼ》えがありまくりの、この声《こえ》は。

「すっ、皇《すめらぎ》くん……？」

光《ひかり》の戦士《せんし》、皇《すめらぎ》くんはバスケ部《ぶ》のユニフォーム姿《すがた》で現《あらわ》れた。

彼《かれ》の表情《ひょうじょう》を見《み》たシュンカンに脳裏《のうり》をよぎったのは、この一言《ひとこと》。

――光《ひかり》の戦士《せんし》が、闇堕《やみお》ちした……。

3 キラキラ族《ぞく》の、闇堕《やみお》ち…？

「どういう状況《じょうきょう》か、説明《せつめい》してくれる？」

皇《すめらぎ》くんが怒《おこ》っている。

笑顔《えがお》で怒《いか》りを表現《ひょうげん》するスキルが、再《ふたた》び発動《はつどう》しております！

「ああああ、あのね、話《はな》せばものすごーく長《なが》いお話《はなし》なんだけど……」

「ものすごーく長《なが》いお話《はなし》を聞《き》く余裕《よゆう》はなさそうだから、手短《てみじか》に教《おし》えてよ」

……わたしの周《まわ》りだけ、重力異常《じゅうりょくいじょう》が発生《はっせい》している。

空気《くうき》が重《おも》いです！

いやいやこれはきっと、皇《すめらぎ》くんの闇魔法《やみまほう》の力《ちから》に違《ちが》いない！

「カン違《ちが》いしないで。桃瀬《ももせ》さんがケガをしたから、保健室《ほけんしつ》に運《はこ》ぼうとしてたんだ」

その言葉《ことば》を聞《き》いて、皇《すめらぎ》くんは重力魔法《じゅうりょくまほう》を解《と》きつつ、サッと顔色《かおいろ》を変《か》えた。

「……ケガ？　それって、こないだのねんざのこと？」

けてる。

心配《しんぱい》そうな声色《こわいろ》で、わたしの足首《あしくび》に視線《しせん》を向《む》けてる。

「あっ、あの、足《あし》は大丈夫《だいじょうぶ》です……足《あし》というか、腰《こし》がぬけただけと言《い》いますか……」

皇《すめらぎ》くんはあせった表情《ひょうじょう》を引《ひ》っ込《こ》めて「はぁ～」と、深《ふか》いため息《いき》をついた。

「なんだ、**めちゃくちゃ心配《しんぱい》したじゃん**。おどろかせないでよ」

皇《すめらぎ》くんはいつだって、本気《ほんき》でわたしのことを心配《しんぱい》してくれるんだ。

そんな様子《ようす》に、わたしは胸《むね》の奥《おく》がくすぐったい気持《きも》ちになる。

「なんで腰《こし》がぬけたのかは保健室《ほけんしつ》に向《む》かいながら、じっくり聞《き》かせてもらうとして……」

うひっ！

プルプル震《ふる》えそうになる体《からだ》を必死《ひっし》に抑《おさ》えるわたしに、皇《すめらぎ》くんは両手《りょうて》を差《さ》し出《だ》した。

「おいで、桃瀬《ももせ》」

そのポーズとその言葉《ことば》——一体《いったい》どういう意味《いみ》の〝おいで〟ですか……？

皇《すめらぎ》くんもわたしをお姫《ひめ》さま抱《だ》っこするって意味《いみ》なの？　正気《しょうき》なの!?

「事情《じじょう》も知《し》らずにかみついて悪《わる》かったな。おれが桃瀬《ももせ》を保健室《ほけんしつ》に連《つ》れて行《い》くよ」

皇《すめらぎ》くんが、今度《こんど》は光《ひかり》の魔法《まほう》を最大出力《さいだいしゅつりょく》で放《はな》ってる！

キラキラとしたまぶしさがハンパない！

その光《ひかり》の魔法《まほう》は、誰《だれ》に対《たい》する攻撃《こうげき》ですか!?

ひとりで歩《ある》けるからって言《い》おうとしたんだけど、その前《まえ》にダイヤさまがこう言《い》った。

「いや、いいよ。ぼくが桃瀬《ももせ》さんを連《つ》れて行《い》くから」

さらに皇《すめらぎ》くんから距離《きょり》を取《と》るように、一歩下《いっぽさ》がりながら。

——ピキッ。

いっ、今《いま》、皇《すめらぎ》くんの美《うつく》しいお顔《かお》にヒビが入《はい》ったように見《み》えたのは、わたしだけ……？

「でも桃瀬《ももせ》は、おれの彼女《かのじょ》なんだ。だからおれが連《つ》れて行《い》く」

皇《すめらぎ》くんが再《ふたた》び手《て》を差《さ》し出《だ》したけど、ダイヤさまは身《み》をひるがえして拒否《きょひ》をする。

「見《み》たところ、部活中《ぶかつちゅう》だったんじゃないの？　この時間《じかん》ならまだ終《お》わってないでしょ」

はっ、そういえば、皇《すめらぎ》くんはバスケ部《ぶ》のユニフォームを着《き》ている。

「大丈夫《だいじょうぶ》。おれは助《すけ》っ人《と》だし、今日《きょう》は軽《かる》いウォーミングアップだけで良《い》いから」

な、なんだかわからないけど、みなさん、わたしは荷物《にもつ》ではありません。

そもそも、カッコいい男《おとこ》の子《こ》にお姫《ひめ》さま抱《だ》っこされるシーン。

マンガだったらドキドキ、胸《むね》キュンするのでは？

どうしてわたしの場合《ばあい》は、歯《は》がガチガチ鳴《な》るほどおびえるシーンになるの？

これって、抱《だ》っこされる対象《たいしょう》が、ヒロインかモブキャラかの違《ちが》い？

「あっ、あのぉ、わたしはもう歩《ある》けま――ぎゃひっ！」

思《おも》わずさけんでしまった！

だってうるわしい皇《すめらぎ》くんのお顔《かお》が、突然般若《とつぜんはんにゃ》に変《か》わったのだから!!

「いや、まだ歩《ある》けないでしょ？　歩《ある》けるんだったらさ、いつまでも知《し》らない男子《だんし》に、お姫《ひめ》さま抱《だ》っこなんてされてるはずないもんね？」

ガチガチガチガチ！

皇《すめらぎ》くんの言葉《ことば》と笑顔《えがお》に、わたしの奥歯《おくば》がさらなる音《おと》を立《た》ててしまいます!!

「だからほら、おいで。**おれが歌《うた》でも歌《うた》いたい気分《きぶん》になる前《まえ》に**」

「んぎゃっ！」

歌《うた》っていうのはまさか、わたしの黒歴史《くろれきし》であるアレですか!?

オドされた桃瀬真魚《ももせまお》は、慌《あわ》てて皇《すめらぎ》くんに手《て》を伸《の》ばし、抱《だ》っこされるハメに。

……なにこの地獄《じごく》？

恥《は》ずかしさから火《ひ》をふいて、燃《も》えつきそうです！

皇《すめらぎ》くんが満足《まんぞく》そうな顔《かお》をしている横《よこ》で、ダイヤさまは空《あ》いた両手《りょうて》を見《み》つめてる。

「ダッ、ダイヤさま……！」

以前《いぜん》皇《すめらぎ》くんに教《おそ》わったように、ダイヤさまの眉《まゆ》と眉《まゆ》の間《あいだ》に視線《しせん》を向《む》けた。

これは、相手《あいて》にわたしと目《め》が合《あ》ってると錯覚《さっかく》させるテクニック。

「さっきは助《たす》けてくれて、ありがとうございました」

そう言《い》った後《あと》にペコリと頭《あたま》を下《さ》げると、ダイヤさまはまた口元《くちもと》をほころばせた。

「……翔真《しょうま》」

えっ？

「ぼくの名前《なまえ》、**黄野翔真《きのしょうま》**っていうんだ」

ええっ!?

「だから次《つぎ》からはダイヤじゃなくて、名前《なまえ》で呼《よ》んでもらえるとうれしいな」

とっ、ということは、ダイヤさまではないのですか？

こんなにそっくりなのに？

「だってさ。**ダイヤさまじゃなくて、残念《ざんねん》だったな♪**」

なぜだか、皇《すめらぎ》くんはうれしそう。

反対《はんたい》に、わたしは地獄《じごく》の底《そこ》につき落《お》とされた気分《きぶん》です。

「ちなみにぼく、桃瀬《ももせ》さんと同《おな》じ1年《ねん》だから、気軽《きがる》に接《せっ》してくれるとうれしい」

そう言《い》った後《あと》、わたしたちに背《せ》を向《む》けて歩《ある》き出《だ》したダイヤさまこと黄野《きの》さん。

しょんぼりしているわたしに、黄野《きの》さんがクルリと顔《かお》だけふり返《かえ》った。

「**……助《たす》けたからって、カン違《ちが》いするな。ぼくはキミの味方《みかた》だとは限《かぎ》らない**」

「…………はっ？」

いただきました。キラキラ族皇《ぞくすめらぎ》くんの全力《ぜんりょく》の「はっ？」って言葉《ことば》。

だけどわたしは皇《すめらぎ》くんの反応《はんのう》なんて、どーでもいいのです！

だって、それは！　その決《き》めゼリフは!!

「ダッ、ダイ――」

思《おも》わずさけびそうになったわたしに、黄野《きの》さんはほんのり口元《くちもと》に笑《え》みを乗《の》せた。

ナイショだよ、とでも言《い》いたげに、その薄《うす》いくちびるに人差《ひとさ》し指《ゆび》をそえて。

「やっぱり彼《かれ》は、本物《ほんもの》だったんだ……」

はっ、そうか！　ダイヤさまはミステリアスなお方《かた》。

正体《しょうたい》がバレてしまったら、どんな事件《じけん》に巻《ま》き込《こ》まれるかわからない。

バカ真魚《まお》！　どうしてそのことに気《き》づかなかったのっ!?

「イチオシキャラであるダイヤさまを、水槽《すいそう》に付着《ふちゃく》するコケ、フライパンのコゲ、部屋《へや》の四隅《よすみ》にたまるホコリの様《よう》なすみっこ族《ぞく》のわたしが、危険《きけん》にさらそうとするなんて！」

「こら、桃瀬《ももせ》。戻《もど》ってこい」

皇《すめらぎ》くんの言葉《ことば》に、わたしはハッと顔《かお》を上《あ》げた。

するとわたしは至近距離《しきんきょり》で、キラキラ族《ぞく》の神《かみ》がかったお顔《かお》を見《み》てしまった。

「ぎゃひ――!!」

そうだわたしは、皇《すめらぎ》くんにお姫《ひめ》さま抱《だ》っこをされたままだった!!

「今《いま》のさけびに対《たい》して、色々《いろいろ》言《い》いたいところだけど……」

皇《すめらぎ》くんは不満《ふまん》をあらわにした顔《かお》で、さらにこう言《い》ったんだ。

「それ以外《いがい》にも聞《き》かないといけないことが、たんまりとあるもんな？」

うぎゃっ！　皇《すめらぎ》くんの闇魔法《やみまほう》、再《ふたた》び発動《はつどう》!!

そんなドスの利《き》いた声《こえ》で、笑《わら》わないでっ!!

黄野《きの》さんがダイヤさまだと知《し》った時《とき》のこうふんと、よろこび。

それらが全《すべ》て、闇魔法《やみまほう》によって一蹴《いっしゅう》された。

にっ、逃《に》げなければ！

「ちなみに、**逃《に》げられるなんて思《おも》うなよ？**」

こここつ、心《こころ》が読《よ》まれました!!

今日《きょう》も皇《すめらぎ》くんのかんさつ眼《がん》が、さえ渡《わた》っている！

そもそも皇《すめらぎ》くんに抱《だ》っこされてる時点《じてん》で、わたしに逃《に》げ道《みち》はなかった！

「保健室《ほけんしつ》に向《む》かいながら、ゆーっくりと説明《せつめい》してもらうからな？」

保健室《ほけんしつ》の入《い》り口《ぐち》は、地獄《じごく》の入《い》り口《ぐち》。
わたしは今《いま》、地獄《じごく》に向《む》かって歩《ある》き出《だ》した。
……………いえ、歩《ある》いてるのは皇《すめらぎ》くんなんですけどね。

4 校内新聞《こうないしんぶん》

「あそこあそこ、**あのピンク頭《あたま》の子《こ》**」

その声《こえ》を聞《き》いて、思《おも》わずわたしは、両手《りょうて》で頭《あたま》をおおった。

そんなことをしても、わたしの頭《あたま》を隠《かく》すことはできないんだけど。

どうにか人《ひと》の目《め》をさけようと走《はし》り出《だ》そうとしたのに、声《こえ》をかけられてしまった。

「ねぇちょっと、話《はなし》いいかな？」

「はっ、はいぃぃ！」

皇《すめらぎ》くんのコミュ力《りょく》アップのレクチャーを受《う》けているとはいえ、突然話《とつぜんはな》しかけられると、やっぱり緊張《きんちょう》してテンパってしまいます！

「この写真《しゃしん》の子《こ》って、あなただよね？」

女《おんな》の子《こ》が手《て》にしているのは、この学校《がっこう》の校内新聞《こうないしんぶん》！

見出《みだ》しの下《した》に、堂々《どうどう》と載《の》っている2枚《まい》の写真《しゃしん》。

そしてその見出《みだ》しは――。

《スクープ!!》
まさかの三角関係《さんかくかんけい》か!?
ひとりの女子《じょし》をめぐって、人気者男子《にんきものだんし》ふたりが取《と》り合《あ》い!
ふたりの王子《おうじ》から抱《だ》っこをされてるお姫《ひめ》さまとは、一体《いったい》――!!

ひぃえええっ!

いつの間《ま》に撮《と》られてたのか、わたしを抱《だ》っこする皇《すめらぎ》くんと黄野《きの》さん。

この新聞《しんぶん》は校内《こうない》の掲示板《けいじばん》に貼《は》られている。

新聞《しんぶん》には目元《めもと》に黒《くろ》い棒線《ぼうせん》がかけられてるけど……それでは皇《すめらぎ》くんたちのキラキラ具合《ぐあい》も、わたしの根暗《ねくら》なオタク具合《ぐあい》も、全《まった》く隠《かく》れてない!!

さらにそれを写真《しゃしん》におさめて、人《ひと》づてに拡散《かくさん》されてる様子《ようす》!

こんな目立《めだ》ち方《かた》をするなんて、すみっこ族《ぞく》のわたしには地獄《じごく》!!

今朝《けさ》からこのことで、わたしは後《うし》ろ指《ゆび》をさされ、コソコソ話《ばなし》をされる対象《たいしょう》に!

「あの、じっ、実《じつ》は……」

「っていうか、桃瀬《ももせ》さんが皇《すめらぎ》とつき合《あ》ってるっていうのもショックだけど、さらに黄野《きの》くんまで？　**どういう魔法《まほう》を使《つか》ったらそうなんの？**」

……魔法《まほう》？

「わかるー！　魔法《まほう》でもないと無理《むり》じゃん？　皇《すめらぎ》くんはまだしも、黄野《きの》くんって孤高《ここう》っていうかさ、話《はな》しかけてもすぐ会話終《かいわお》わらせられちゃうし、気《き》づいたらいつもどっか行《い》っちゃ――」

「あああ、あの！　**わっ、わたし、桃瀬真魚《ももせまお》は、魔法《まほう》なんて使《つか》えるような人間《にんげん》ではありません！**　今《いま》まで何度《なんど》も魔法《まほう》が使《つか》えないかと、能力確認《のうりょくかくにん》&トレーニングを繰《く》り返《かえ》しましたが、そんな特別《とくべつ》な力《ちから》などない**モブキャラ**ですので……！」

思《おも》わずグッとにぎりこぶしを作《つく》り、さらに力説《りきせつ》。

「たとえば、レーザービームが出《だ》せないかとこっそり湯船《ゆぶね》に浸《つ》かりながら試《ため》してみたり、空《そら》を飛《と》ぶのを体感《たいかん》してみたくて、幽体離脱《ゆうたいりだつ》を試《こころ》みようと、寝《ね》る前《まえ》に超集中《ちょうしゅうちゅう》してみたり、あとは――」

「お風呂場《ふろば》でレーザービームを試《ため》すのは、さすがにやばくない～？」

ギュルギュルと脳《のう》が高速回転《こうそくかいてん》をはじめていた中《なか》、真逆《まぎゃく》をいくようにゆっくりとゆるーい声《こえ》が、背後《はいご》から聞《き》こえた。

その声《こえ》を聞《き》いて、わたしはハッとする。

魔法《まほう》でも〜、なんて言葉《ことば》を聞《き》いたせいで、暴走《ぼうそう》していた!?

「ちょっと翠《みどり》、ツッコむところはそこ?」

もうひとりの声《こえ》が聞《き》こえて、わたしはゆっくりとふり返《かえ》る。

するとそこには、隣《となり》のクラスのキラキラ族《ぞく》、**鈴川翠《すずかわみどり》さん**と**白石梨乃《しらいしりの》さん**が。

「えー? だってお風呂場《ふろば》でって、素《す》っ裸《ぱだか》でビーム出《だ》すの? なんかあぶないじゃん」

たっ、確《たし》かにそうですね!

魔法《まほう》が使《つか》えなくて良《よ》かったって、初《はじ》めて思《おも》った出来事《できごと》でした!

「いや、普通《ふつう》はビームなんか出《で》ないから。それより周《まわ》り見《み》て、みんな引《ひ》いてるじゃん」

白石《しらいし》さんの言葉《ことば》に、わたしは現実《げんじつ》に引《ひ》き戻《もど》された。

目《め》の前《まえ》に立《た》つ女《おんな》の子《こ》たちの表情《ひょうじょう》が、明《あき》らかにひきつっている……。

「まぁ、これでわかったでしょ。あの新聞《しんぶん》の真相《しんそう》を知《し》りたいんだったら、碧葉《あおば》か黄野《きの》に聞《き》いたら? その方《ほう》が手《て》っ取《と》り早《ばや》く答《こた》えが得《え》られると思《おも》うけど?」

「はぁ? 急《きゅう》に出《で》てきて何《なに》その言《い》い方《かた》? **白石《しらいし》さんらには関係《かんけい》なくない?**」

……あ、やばい。

なんだか、ピリピリした空気《くうき》が立《た》ち込《こ》めてきた。

「そういうあんたたちだって、**人《ひと》のプライベートなことに首突《くびつ》っ込《こ》もうとしてるけど、全《まった》く関係《かんけい》なくない？**」

白石《しらいし》さんと鈴川《すずかわ》さんはもちろんだけど、話《はな》しかけてきた女《おんな》の子《こ》たちもキラキラ族《ぞく》。

キラキラ族《ぞく》VS《バーサス》キラキラ族《ぞく》の頂上決戦《ちょうじょうけっせん》。

これは、どっ、どうやって止《と》めたらいいの……!?

「あたしは関係《かんけい》あるよ～！」

このピリピリとした空気《くうき》を、ほわほわとしたものに変《か》えるキラキラ族《ぞく》こと、鈴川《すずかわ》さん。

鈴川《すずかわ》さんがわたしの肩《かた》を抱《だ》き寄《よ》せて、こう言《い》ったんだ。

「だって、**あたしたちは友《とも》だちだもーん。**ねっ、桃瀬《ももせ》っち？」

きっ……きましたぁー!!

公式《こうしき》での友《とも》だち宣言《せんげん》!!

どっ、どっ、どうしましょう！

なんて返《かえ》せばいいのでしょうか！

そうやって考《かんが》えあぐねている間《あいだ》に「もういいや、行《い》こう」と言《い》って、女《おんな》の子《こ》たちは立《た》ち去《さ》った。

そんな彼女《かのじょ》たちの後《うし》ろ姿《すがた》を見《み》つめていると——。

「……って、実際《じっさい》のところ、どうなってんの？」

「えっ？」

「あの校内新聞《こうないしんぶん》の話《はなし》！　碧葉《あおば》はともかく、黄野《きの》のお姫《ひめ》さま抱《だ》っこって何《なに》!?　碧葉《あおば》とはどうなってんの!?」

白石《しらいし》さんの水晶玉《すいしょうだま》みたいに、丸《まる》くて大《おお》きな瞳《ひとみ》。

それをふち取《ど》る、チョウチョのように羽《は》ばたいた、長《なが》いまつ毛《げ》。

そんなかわいらしいキラキラ族《ぞく》で、ヒロインキャラな彼女《かのじょ》が見《み》せる、とがった目《め》じりと物腰《ものごし》の強《つよ》い言《い》い方《かた》に、わたしは思《おも》わず後退《あとずさ》ってしまう!!

「ほら、梨乃《りの》ちゃんってば言《い》い方怖《かたこわ》いんだから。今度《こんど》は桃瀬《ももせ》っちが梨乃《りの》ちゃんに引《ひ》いてるよ〜」

「怖《こわ》い!?」　質問《しつもん》してるだけじゃん！」

「その声《こえ》、人《ひと》をオドしてるみたいなんだもん〜」

あー、怖《こわ》い怖《こわ》い。なんて言《い》ってるわりに、自分《じぶん》のツメを見《み》つめながらにっこり微笑《ほほえ》んでる。

ネイル命《いのち》の鈴川《すずかわ》さんはきっと、新《あたら》しくぬり替《か》えたツメに満足《まんぞく》していらっしゃるのでしょう！

どんな状況《じょうきょう》でも、自分《じぶん》を持《も》ってるキラキラ族《ぞく》！

今日《きょう》もキラリと光《ひか》るネイル同様《どうよう》に、鈴川《すずかわ》さんはかがやいてます!!

「だいたい人《ひと》のプライベートなことに首突《くびつ》っ込《こ》むな、とかなんとか言《い》ってたのに、梨乃《りの》ちゃんこそ、がっつり首《くび》を突《つ》っ込《こ》んでいってるしねぇ？」

「**あっ、あたしたちは友《とも》だちなんでしょ！** だから聞《き》いたっていいのっ!!」

白石《しらいし》さんの顔《かお》が、真《ま》っ赤《か》にそまる。

それに合《あ》わせるように、わたしのほおも一気《いっき》に熱《あつ》くなる。

「あー、梨乃《りの》ちゃんがテレてる〜。梨乃《りの》ちゃんって女《おんな》の子《こ》の友《とも》だちは、あたし以外《いがい》にいなかったもんね？ 周《まわ》りからよくぶりっ子《こ》って言《い》われちゃってるしぃ」

「友《とも》だち、いっ、いないかもしれないけど……それを言《い》うなら翠《みどり》だってそうじゃん！」

「あたしは〜、ネイルが友《とも》だちだからいいの」

「はぁ？ それ人《ひと》じゃないじゃん！ ってか**桃瀬《ももせ》さんは、なんで拍手《はくしゅ》してんの？**」

ひょえっ！ 白石《しらいし》さんのジト目《め》を受《う》けて、思《おも》わず背筋《せすじ》が伸《の》びた！

「あっ、いえ、その、ふたりがお互《たが》いを理解《りかい》し合《あ》ってる感《かん》じが、すごく感動的《かんどうてき》で……！」

「どこが?」

どっ、どこがって、この流《なが》れの全部《ぜんぶ》がですが?

「だだだ、だって、お互《たが》いをわかり合《あ》ってるからこそ、わっ悪《わる》く言《い》い合《あ》えちゃうんでしょ?」

わたしからしたら、悪口《わるくち》なのでは? ってドギマギしちゃうようなセリフも、実際《じっさい》は悪口《わるくち》じゃないというか。

それはふたりの中《なか》での暗黙《あんもく》の了解《りょうかい》? みたいな?

気心《きごころ》知《し》れてるからこそ、悪《わる》く言《い》ってるだけで、実際《じっさい》はそうじゃないみたいな?

「あのね、桃瀬《ももせ》さん」

白石《しらいし》さんの大《おお》きなお目々《めめ》が、さらにクワッと見開《みひら》いた。

「**親《した》しき仲《なか》にも礼儀《れいぎ》ありって言《い》うじゃん。翠《みどり》のセリフは悪口《わるくち》には変《か》わりないんだよ!**」

「えー? それを言《い》うなら梨乃《りの》ちゃんだって〜」

鈴川《すずかわ》さんはネイルにフッて息《いき》を吹《ふ》きかけながら、白石《しらいし》さんに異論《いろん》を唱《とな》えた。

「ぐうう……ご、ごめん。すぐキツい言《い》い方《かた》して、悪《わる》かったと思《おも》ってる!」

白石《しらいし》さんがふてくされながら、そう言《い》うと。

「えー、じゃああたしもごめん〜。怒《おこ》らせちゃって?」

「なにそれ！　謝《あやま》り方《かた》がなってない！」

「え～？　それを言《い》うなら、梨乃《りの》ちゃんだって」

わたしは困《こま》ったように、ふたりの間《あいだ》でキョロキョロとしてしまう。

「あっ、あの、**今《いま》はケンカをしてるの？　それとも、仲直《なかなお》りをしてるの……？**」

友《とも》だちとケンカも仲直《なかなお》りもしたことない、友《とも》だち作《づく》り初心者《しょしんしゃ》マークのわたしには、この状況《じょうきょう》が判断《はんだん》できません！

そう思《おも》って聞《き》いたんだけど、ふたりは顔《かお》を見合《みあ》わせた後《あと》――**あははって笑《わら》ったんだ。**

「今《いま》のは、仲直《なかなお》りだよ」

「そっ、そう、だったんだ」

言葉《ことば》は謝《あやま》ってるけど態度《たいど》が真逆《まぎゃく》だから、なかなかの難問《なんもん》でした！

「あたしさ、仲良《なかよ》くなると特《とく》になんだけど……よくキツい言葉《ことば》を言《い》っちゃうんだよね。それで周《まわ》りを傷《きず》つけてしまうから、傷《きず》つけたと思《おも》ったら謝《あやま》るようにはしてる」

「梨乃《りの》ちゃんの態度《たいど》じゃ謝《あやま》りきれてないけど～」

「翠《みどり》こそ人《ひと》のこと言《い》える!?」

「あはは、ごめーん」

キッとにらまれて、鈴川《すずかわ》さんは相変《あいか》わらずゆるゆると謝《あやま》った。

「そんなことより、**あの新聞《しんぶん》の話《はなし》なんだけど！** 桃瀬《ももせ》さんって本当《ほんとう》に碧葉《あおば》から黄野《きの》に乗《の》り換《か》えたとかじゃないよね!?」

そうでした！

「乗《の》り換《か》えるなんて！ そんなまさか!!」

なんてバチでも当《あ》たりそうな話《はなし》なのでしょうか！

そもそもわたしと皇《すめらぎ》くんがつき合《あ》ってるのだって、ただのフリなのに！

「新聞部《しんぶんぶ》がおもしろおかしく書《か》いてるけど、実際《じっさい》は歩《ある》けなくなってた桃瀬《ももせ》を助《たす》けたのが黄野《きの》で、通《とお》りかかったおれが黄野《きの》とバトンタッチして、保健室《ほけんしつ》に連《つ》れてっただけだよ」

にっこりと、シャインスマイルを見《み》せながら背後《はいご》から現《あらわ》れたのは、わたしと絶賛恋愛《ぜっさんれんあい》ごっこ中《ちゅう》の皇《すめらぎ》くんだった。

5 キラキラ族《ぞく》の戦《たたか》い…!?

「ぎゃっ、皇《すめらぎ》くん！」

突然《とつぜん》現《あらわ》れるのは心臓《しんぞう》に悪《わる》いので、やめてもらえますか！

「あー、そうだ。次《つぎ》の授業《じゅぎょう》の教科書《きょうかしょ》、友《とも》だちに貸《か》してるんだった。翠《みどり》、あたし先《さき》に教室《きょうしつ》戻《もど》ってるわ」

白石《しらいし》さんは不自然《ふしぜん》にも、急《きゅう》にそう言《い》い出《だ》した。

「桃瀬《ももせ》さん、またね」

それはまるで、この場《ば》から早《はや》く逃《に》げ出《だ》したいと言《い》いたげだ。

白石《しらいし》さんは皇《すめらぎ》くんの元《もと》カノ。

中学《ちゅうがく》に入学《にゅうがく》したばかりの頃《ころ》に1週間《しゅうかん》だけつき合《あ》ってたらしい。

「ねぇ皇《すめらぎ》と梨乃《りの》ちゃんってさ、**別《わか》れてからいつもあんな感《かん》じだね～？**」

「ゲホッ！」

皇《すめらぎ》くんが、急《きゅう》にむせた。

鈴川《すずかわ》さんの突然《とつぜん》のぶっ込《こ》みに、思《おも》わずむせている。

「……鈴川《すずかわ》さ、そういうことはおれだけに言《い》ってよ。**桃瀬《ももせ》が気《き》にするかもしれないって、思《おも》わないの？」**

皇《すめらぎ》くんが苦笑《にがわら》いを浮《う》かべてそう言《い》うと、鈴川《すずかわ》さんはポンッと手《て》をたたいて。

「うーん、確《たし》かに。あたしって、デリカシーがないのかも～。ごめんね？」

すっごくゆるーい感《かん》じで、わたしと向《む》き合《あ》った。

「あっ、ううん。ふっ、ふたりが前《まえ》につき合《あ》ってたのは事実《じじつ》だし、全然気《ぜんぜんき》にしてないよ」

そもそもわたしと皇《すめらぎ》くんは、**本当《ほんとう》のカップルではないので！**

「おれとしては、もう少《すこ》し気《き》にしてくれてもいいんだけど……」

彼氏役《かれしやく》になりきる皇《すめらぎ》くんは、ふてくされたようにそう言《い》った。

今日《きょう》も１００％、全力《ぜんりょく》でニセ彼《かれ》になりきってくれてます！

「皇《すめらぎ》って、思《おも》ってたより嫉妬深《しっとぶか》いんだね。桃瀬《ももせ》っちはさ、皇《すめらぎ》のどこがいいの～？」

「ゲホッゲホッ！」

皇《すめらぎ》くんが、またむせた。

「だーかーらー、なんでそういうことを、本人《ほんにん》を目《め》の前《まえ》にして聞《き》くんだよっ」

「えー、だってさ、もし黄野《きの》が桃瀬《ももせ》っちのことが好《す》きで、本気出《ほんきだ》してきたらヤバくな〜い？　黄《き》野《の》って結構人気《けっこうにんき》あるし、皇《すめらぎ》はそれでも好《す》きでいてもらう自信《じしん》あるわけー？」

……………な、なんですか、この話《はなし》の展開《てんかい》は。

キラキラ族《ぞく》たちが、すみっこ族《ぞく》を取《と》り合《あ》うなんて——世界《せかい》が滅亡《めつぼう》でもするの？

それくらい、リアリティのないお話《はなし》だというのに、皇《すめらぎ》くんは苦《にが》い顔《かお》して口《くち》をつぐんでる。

「あっ、あの、黄野《きの》さんは確《たし》かに素敵《すてき》だと思《おも》うけど、さすがにそれは想像《そうぞう》できないですし……」

「桃瀬《ももせ》っち」

鈴川《すずかわ》さんがわたしの肩《かた》を、両手《りょうて》でぎゅっとにぎった。

「現実《げんじつ》は想像《そうぞう》を超《こ》えてくることがあるんだよ〜」

想像《そうぞう》を、超《こ》える……？

「それでも、おれらの愛《あい》は永遠《えいえん》だよな？」

ぎゃっ！　皇《すめらぎ》くんってば、笑顔《えがお》でわたしにプレッシャーを与《あた》えている！

その細《ほそ》まった目《め》に〝永遠《えいえん》の愛《あい》を、誓《ちか》うよな？〟なんて言葉《ことば》が見《み》えます!!

ここは、彼女役《かのじょやく》としても、ちゃんと応《こた》えねば——！

「もっ、もももも、もちゅろんです！」

「……めちゃくちゃ嚙《か》むじゃん」

ボソリと耳元《みみもと》でつぶやいた皇《すめらぎ》くん。

その声《こえ》がやたらと背骨《せぼね》に響《ひび》いて、背筋《せすじ》がシュッとします！

「あ～、まぁ今《いま》つき合《あ》ってる皇《すめらぎ》の前《まえ》だと、黄野《きの》を選《えら》びにくいよね～」

皇《すめらぎ》くんの顔《かお》に、再《ふた》び**ピキピキ**とヒビが入《はい》っていく。怖《こわ》い！

「……桃瀬《ももせ》、そろそろ休憩《きゅうけい》も終《お》わりそうだし、教室《きょうしつ》に帰《かえ》ろう」

ふーっと息《いき》をついた後《あと》、皇《すめらぎ》くんはそう言《い》ってわたしの腕《うで》を引《ひ》っ張《ぱ》った。

「あー、じゃああたしも～。桃瀬《ももせ》っち、またねぇ」

「う、うん！　また!!」

またって言葉《ことば》がうれしくて、うなずきながら鈴川《すずかわ》さんと同《おな》じように手《て》をふった。

「皇《すめらぎ》もまたねぇ」

鈴川《すずかわ》さんはそう言《い》った後《あと》、さらに。

「桃瀬《ももせ》っちにまで、ふられないように頑張《がんば》れよ～」

ピクッと体《からだ》を揺《ゆ》らし、立《た》ち止《ど》まった皇《すめらぎ》くんの顔《かお》は——怒《いか》りで暗黒《あんこく》の色《いろ》がにじんでる!?

「うるさいなっ！　ふられねーし！」

ぎゃひっ！

ギリギリまで保《たも》っていた、外《そと》ヅラ。

それが今《いま》、**パリーンって音《おと》を立《た》てて、壊《こわ》れました!!**

人前《ひとまえ》で口《くち》が悪《わる》い皇《すめらぎ》くんを見《み》るのは、初《はじ》めてです。

わたしは彼《かれ》の後《うし》ろをブルブルと震《ふる》えながら、歩《ある》きだしたのでした。

鈴川《すずかわ》さんと別《わか》れてから、いつもの空《あ》き教室《きょうしつ》に到着《とうちゃく》した。

……って、空《あ》き教室《きょうしつ》？

「すっ、皇《すめらぎ》くん。教室《きょうしつ》に戻《もど》るんじゃ……」

わたしが声《こえ》をかけたと同時《どうじ》に、皇《すめらぎ》くんがわたしと向《む》き合《あ》った。

「その前《まえ》にひとつ、確認《かくにん》しておきたいことがあるんだ」

いつになく、皇《すめらぎ》くんは真剣《しんけん》な表情《ひょうじょう》。

思《おも》わずわたしは、ゴクリとつばを飲《の》む。

「あのさ、さっき鈴川《すずかわ》が言《い》ってた話《はなし》だけど、本当《ほんとう》に黄野《きの》とつき合《あ》うつもりはないんだよな？」

「……えっ？　皇《すめらぎ》くんまで、そんな話《はなし》をするの？」

「いやだってあいつは、桃瀬《ももせ》のあこがれのダイヤってキャラにそっくりなんだろ？」

ガシガシと頭《あたま》を掻《か》いて、皇《すめらぎ》くんはくちびるをとがらせた。

「桃瀬《ももせ》の理想《りそう》がつまった相手《あいて》なんだから、リアルでも好《す》きになったっておかしくないしな」

リアルでも好《す》きになったって……。

「だからもし、**桃瀬《ももせ》が黄野《きの》とつき合《あ》いたいって思《おも》ってるのなら――」**

「皇《すめらぎ》くん！」

わたしはガシッと肩《かた》をつかんで、皇《すめらぎ》くんの眉間《みけん》をキッとにらみつけた。

「ヒーローが名《な》もないモブキャラとつき合《あ》うアニメを、見《み》たいと思《おも》いますか？」

「…………はぁ？」

「わたしは正直《しょうじき》、そういった設定《せってい》のものを見《み》たことがないから、ダメというか……やっぱり王道《おうどう》が一番《いちばん》というか……」

ぐぬぬっと歯《は》をくいしばって、葛藤《かっとう》しちゃう。

「なんの話《はなし》してんの?」

なんの話《はなし》って、皇《すめらぎ》くんの質問《しつもん》の答《こた》えですよ。

「確《たし》かにわたしは、ダイヤさまとつき合《あ》ったことがあるよ」

「自信満々《じしんまんまん》に言《い》ってるけど、それはイマジナリーの世界《せかい》でだろ?」

「**そう!** イマジナリーの世界《せかい》だからこそつき合《あ》える! この現実世界《げんじつせかい》にダイヤさまが現《あらわ》れたとして、わたしのようなすみっこ族《ぞく》がつき合《あ》えるのか!? **それは、否《いな》!!**」

演歌《えんか》でも歌《うた》い出《だ》しそうなほど、こぶしを強《つよ》く握《にぎ》りしめ、わたしはさらにこう言《い》った。

「それはテレビの前《まえ》の視聴者《しちょうしゃ》がガッカリすること請《う》け合《あ》いです! 由々《ゆゆ》しき事態《じたい》! あってはならない事件《じけん》!! 第一《だいいち》そんなのは地球《ちきゅう》に隕石《いんせき》が当《あ》たって、今日《きょう》が地球最後《ちきゅうさいご》の日《ひ》だと言《い》われたり、地《ち》球外生命体《きゅうがいせいめいたい》が侵略《しんりゃく》しに来《き》たと言《い》われたりする方《ほう》が信《しん》ぴょう性《せい》がある話《はなし》――」

――ポフッ。

いつものように、皇《すめらぎ》くんの大《おお》きな手《て》が、わたしの口《くち》をふさいだ。

それに合《あ》わせて、こうふんしていた熱《ねつ》が、ゆっくりと落《お》ち着《つ》いていく。

「よくわかんないけど、とりあえず**おれとの恋愛《れんあい》ごっこは、継続《けいぞく》ってことでいいんだよね?**」

皇《すめらぎ》くんの手《て》から解放《かいほう》されたわたしの口《くち》。

わたしは首《くび》をかしげながら、こう聞《き》いたんだ。

「えっ、何《なに》か、もも、問題《もんだい》でも……？」

いや、問題《もんだい》だらけかも？

「ごっ、ごめんなさい。わたしは、皇《すめらぎ》くんの彼女役《かのじょやく》を演《えん》じられてない自信《じしん》があります……」

「……そんな自信《じしん》があるのは問題《もんだい》だな」

で、ですよね！　すみません！

心《こころ》の中《なか》で謝《あやま》るわたしの隣《となり》で、ズルズルズルと、その場《ば》にしゃがみ込《こ》んだ皇《すめらぎ》くん。

えっ、一体《いったい》どうして？

「はー……よかった」

桃瀬真魚《ももせまお》、皇《すめらぎ》くんの行動《こうどう》の理由《りゆう》が読《よ》み取《と》れず、その場《ば》でオロオロとしてしまう!!

「おれ、桃瀬《ももせ》にふられるのかと思《おも》った……」

「はひっ！　なぜに!?」

どうやったら、皇《すめらぎ》くんをふるなんて発想《はっそう》になるの？

「そりゃ思《おも》うでしょ。桃瀬《ももせ》の理想《りそう》の相手《あいて》が現実《げんじつ》に現《あらわ》れて、さらにお姫《ひめ》さま抱《だ》っことかされちゃってたらさ」

「あっ、あれは、助《たす》けてもらっただけで……！」

皇《すめらぎ》くんだってそう言《い》ってたよね!?

「ごっこ遊《あそ》びの契約内容《けいやくないよう》であったでしょ。もし好《す》きな人《ひと》ができた場合《ばあい》、話《はな》し合《あ》いをして、円満《えんまん》に別《わか》れるって。桃瀬《ももせ》が黄野《きの》を好《す》きだって言《い》えば、おれらの関係《かんけい》も終《お》わりじゃん」

なるほど。だから皇《すめらぎ》くんは、こんなにもあせってたんだ。

「でもさ、それはわかってたことだったんだけど……」

ホコリっぽい教室《きょうしつ》の床《ゆか》に、今《いま》や完全《かんぜん》に腰《こし》を下《お》ろしてしまったキラキラ族《ぞく》。

「いざ契約解消《けいやくかいしょう》って言《い》われるかと思《おも》うと、**なんかすげーショックだった**」

「ショッ、ショック？」

そんな皇《すめらぎ》くんと視線《しせん》を合《あ》わせるように、わたしはしゃがみ込《こ》んだ。

「おれってさ、過去《かこ》の恋愛《れんあい》はぜーんぶ向《む》こうにフラれてきたでしょ？」

皇《すめらぎ》くんは過去《かこ》の恋愛《れんあい》で、いつも相手《あいて》から告白《こくはく》されるのに、フラれるのは皇《すめらぎ》くんの方《ほう》だって言《い》ってた。

「桃瀬《ももせ》とはウソの関係《かんけい》じゃん？　契約《けいやく》じゃん？　それなのに、**それすらも上手《うま》くいかないのかって思《おも》ったら――さすがにへこんだ**」

皇《すめらぎ》くんはそう言《い》いながら、困《こま》ったように笑《わら》ったんだ。

わたしは皇《すめらぎ》くんのニセモノの彼女《かのじょ》だけど、皇《すめらぎ》くんと過《す》ごした時間《じかん》はホンモノだ。

お互《たが》いの欠点《けってん》を知《し》って、お互《たが》いに助《たす》け合《あ》う契約関係《けいやくかんけい》。

だからわたしはね、こういう風《ふう》に笑《わら》う時《とき》の皇《すめらぎ》くんを知《し》ってるんだ。

――皇《すめらぎ》くんが、少《すこ》し傷《きず》ついてる時《とき》だってことを。

そして、光《ひかり》の魔法《まほう》が使《つか》えるキラキラ族《ぞく》の皇《すめらぎ》くんに、魔力《まりょく》が足《た》りない時《とき》だってことを。

「すっ、皇《すめらぎ》くん！」

わたしは思《おも》わず皇《すめらぎ》くんの手《て》を、そっとつかんだ。

「わたしにはまだ皇《すめらぎ》くんの力《ちから》が必要《ひつよう》だと、感《かん》じてるので……その、よろしくお願《ねが》いします」

なんだか照《て》れくさくって、思《おも》わず顔《かお》をふせてしまった。

するとね、皇《すめらぎ》くんはわたしの手《て》をにぎり返《かえ》してこう言《い》った。

「……じゃあ引《ひ》き続《つづ》き、よろしくね。彼女《かのじょ》さん」

6 ジュエルオタク、参上《さんじょう》！

今朝《けさ》は雨《あめ》、ジメジメとした湿気《しっけ》がすごい。

そんな中《なか》でも、1年《ねん》B組《ぐみ》で人気者《にんきもの》ナンバーワンな皇《すめらぎ》くんは、

「桃瀬《ももせ》ー。今日《きょう》の放課後《ほうかご》の予定《よてい》、空《あ》いてる？」

朝《あさ》から、スパンコールのかがやきを背負《せお》っている。

本日《ほんじつ》もブレずに、爽《さわ》やかさを極《きわ》めてます。


「えっ、う、うん」

「やった！　じゃあ、放課後《ほうかご》デートしようぜ♪」

なんてうれしそうに白《しろ》い歯《は》を見《み》せて笑《わら》う、皇《すめらぎ》くん。

全《まった》くブレずに、彼氏役《かれしやく》も極《きわ》めてますね！

わたしは自衛《じえい》のために、口《くち》をおさえていたおかげで、なんとかさけばずにすんだ。

いや、もしかしたら、少《すこ》しずつこの状況《じょうきょう》に慣《な》れてきたのかも……。

と、とにかくわたしも、役《やく》になりきらなければ！

そう思《おも》って必死《ひっし》に、言葉《ことば》をしぼり出《だ》した。

「わっ、わかった。じゃあデートをしましょう（棒読《ぼうよ》み）」

きっと、大根《だいこん》もびっくりするほどの大根役者《だいこんやくしゃ》、桃瀬真魚《ももせまお》。

皇《すめらぎ》くんはスーッと目《め》を細《ほそ》めた。

演技《えんぎ》が下手《へた》くそすぎて怒《おこ》られるのかと思《おも》ったら、すぐに満面《まんめん》の笑《え》みに変《か》わる。

「……桃瀬《ももせ》ってテレるとさ、いつも演技《えんぎ》っぽくなるよね」

うっ、うまい言《い》い回《まわ》しですね！

皇《すめらぎ》くん、役者《やくしゃ》の腕《うで》をあげましたね？

それともわたしの演技力《えんぎりょく》が上達《じょうたつ》しないことに気《き》づき、諦《あきら》めたのですか？

「じゃあ放課後《ほうかご》、あけといてね」

なんて言《い》って、席《せき》に戻《もど》っていったんだ。


放課後《ほうかご》になって、わたしは皇《すめらぎ》くんと教室《きょうしつ》を出《で》た。

「雨《あめ》、すっかり上《あ》がったな」

校庭《こうてい》は雨《あめ》でぬかるんでるけど、今《いま》では水《みず》たまりに反射《はんしゃ》するほど、太陽《たいよう》が照《て》っている。

「せっかく桃瀬《ももせ》と、**相合《あいあ》い傘《がさ》アピール**するチャンスだったのにな」

……ななな、なんということでしょう!!

「そっ、そのために放課後《ほうかご》つき合《あ》ってって言《い》ったの!?」

「**ちげーわ。**相合《あいあ》い傘《がさ》はオマケだわ」

オマケとは本来《ほんらい》、お得《とく》を感《かん》じるものなのに、それが全然《ぜんぜん》ない。

むしろマイナス。思《おも》いっきり地獄《じごく》!

「あのさ、つき合《あ》ってほしいって言《い》ったのは……」

さえない皇《すめらぎ》くんの表情《ひょうじょう》と、はっきりしない話《はな》し方《かた》。

皇《すめらぎ》くんらしくないな、なんて思《おも》っていたら。

「あっ、やっと出《で》てきた! **碧葉《あおば》おそいー!**」

皇《すめらぎ》くんを気軽《きがる》によび捨《す》てしたのは、校門《こうもん》によりかかりながらふくれっ面《つら》をした美少女《びしょうじょ》ちゃん。

高《たか》いところでふたつに結《むす》んだ、柔《やわ》らかそうな真《ま》っ黒《くろ》い髪《かみ》をゆらして、彼女《かのじょ》は腕《うで》を組《く》んだ。

背中《せなか》のランドセルを見《み》るからに、間違《まちが》いなく小学生《しょうがくせい》だ。

だけど——性別《せいべつ》も年齢《ねんれい》も違《ちが》うのに、皇《すめらぎ》くんとそっくり。

思《おも》わずふたりの間《あいだ》で、目《め》をキョロキョロとさせちゃう。

「**まゆか**、なんでここにいるんだよ？　小学校《しょうがっこう》まで迎《むか》えに行《い》くって言《い》ったろ？」

「だって、待《ま》ってられなかったんだもん」

そう言《い》った後《あと》、美少女《びしょうじょ》ちゃんことまゆかちゃんは——宝石《ほうせき》のような瞳《ひとみ》で、わたしを一点集中《いってんしゅうちゅう》して見《み》ている。

キラキラ族《ぞく》のゆるぎない熱視線《ねっしせん》、年下《としした》でも怖《こわ》い！

思《おも》わず皇《すめらぎ》くんの背後《はいご》に隠《かく》れてしまう。

「こーら、まゆか。初対面《しょたいめん》の人《ひと》を相手《あいて》に、そんな目《め》を向《む》けたらダメだろ」

皇《すめらぎ》くんが注意《ちゅうい》したと同時《どうじ》に、わたしに顔《かお》を向《む》けた。

「桃瀬《ももせ》、紹介《しょうかい》するよ。おれの妹《いもうと》の**皇《すめらぎ》茉《ま》由《ゆ》赤《か》**。小学《しょうがく》3年生《ねんせい》なんだ」

……ド納得《なっとく》です。

どうりでお顔《かお》もキラキラ具合《ぐあい》も、そっくりだと思《おも》いました。

「も、ももも、桃瀬真魚《ももせまお》です……」

皇《すめらぎ》くんの背中《せなか》からそっとぬけ出《だ》して、なんとかごあいさつ。

そしたらまゆかちゃんのキラキラビームを放《はな》つ目《め》が、さらにすさまじくっ！

な、なんで!?

「お姉《ねえ》さんって、魔導戦士《まどうせんし》ジュエルのことが好《す》きなの？」

えっ……？

「こーら、まゆか。会《あ》ったばっかの人《ひと》に、単刀直入《たんとうちょくにゅう》に話《はな》さない。桃瀬《ももせ》がとまどってるだろ」

皇《すめらぎ》くんの言葉《ことば》に、まゆかちゃんのほおがフグのようにふくれた。

「だって〜」

急《きゅう》にジュエルなんて言《い》われて、びっくりしちゃったけど、そうだった。

皇《すめらぎ》くんの妹《いもうと》さんもジュエルファンだって、前《まえ》に言《い》ってたっけ。

ピッピコジュースと魔導戦士《まどうせんし》ジュエルがコラボした時《とき》に、ＣＭ《シーエム》で流《なが》す曲《きょく》の歌詞《ポエム》を一般募集《いっぱんぼしゅう》してたんだ。

わたしが制服《せいふく》のリボンにつけてるこのバッジは、そのポエムに採用《さいよう》された、**たったひとりにだ**

けプレゼントされるジュエルの限定《げんてい》バッジ。

まゆかちゃんもこれがほしくて、頑張《がんば》って応募《おうぼ》してたって、以前皇《いぜんすめらぎ》くんから聞《き》いたんだけど……。

「そのバッジ、ジュエルのやつですよね？」

小《ちい》さな手《て》が、わたしのリボンを指《ゆび》さした。

「あ、え、はっ、はい……」

「やっぱり！」

あっ、待《ま》って。この流《なが》れって、もしや。

まゆかちゃんから、バッジが欲《ほ》しいなんて言《い》われたり、する？

もし言《い》われたら、なんてことわったらいいんだろう。

「あのっ、実《じつ》は、お願《ねが》いがあるんです」

４つも年下《としした》の女《おんな》の子《こ》に、諦《あきら》めてなんて言《い》えないかも……。

「ボクと、お友《とも》だちになってくれませんか？」

――オッ、**オトモダチ？**

「ダメですか？　ボク、そのバッジが欲《ほ》しくて、すーっごく頑張《がんば》って何度《なんど》も応募《おうぼ》したんです。でも全然《ぜんぜん》ダメでした」

さっきまでつり上《あ》がっていた目《め》じりから、キラキラと光《ひか》る星《ほし》のカケラが放《はな》たれる。

「そのバッジを持《も》ってるってことは、ポエムが採用《さいよう》されたんでしょ？　すごいよ！　ボク、お姉《ね》さんと友《とも》だちになって、ジュエルの話《はなし》を一緒《いっしょ》にしたいんです」

「とっ、友《とも》だちになって!?　ジュエルの話《はなし》を！　いいい、一緒《いっしょ》に!?」

なんてミリョク的《てき》なお話《はなし》!!

そうじゃなくても、わっ、わたしと、お友《とも》だちになりたいなんて！

「ぜ、ぜひとも、よろしくお願《ねが》いします!!」

「やった！　じゃあ真魚《まお》ちゃんって呼《よ》んでもいいですか？」

真魚《まお》ちゃん!!

しんせき以外《いがい》からそう呼《よ》ばれるのは、幼稚園以来《ようちえんいらい》ではっ!?

「よ、よいです！　よろしくお願《ねが》いします」

「そこはいいよ、よろしくね。って言《い》うとこでしょ。まゆかは年下《としした》なんだし、敬語《けいご》もかたいって」

皇《すめらぎ》くんはそう言《い》うけど、いいのかな？

「じゃあボクもタメ語《ご》で話《はな》したら、真魚《まお》ちゃんもそうしてくれる？」

上目《うわめ》づかいの美少女《びしょうじょ》ちゃんは、天使《てんし》のようなかわいさ……！

「わっ、わかりました……じゃない！　わかった、タメ語《ご》で、がんばるね！」

「碧葉《あおば》、真魚《まお》ちゃんって、ちょっとおもしろいね」

皇《すめらぎ》くんにコソコソ話《ばなし》をしてるけど、つつ抜《ぬ》けです！

そんな様子《ようす》もふくめて、**かわいい!!**

「ごめんな、桃瀬《ももせ》。実《じつ》は今日《きょう》さそったのは、まゆかを桃瀬《ももせ》に紹介《しょうかい》したかったからなんだ」

「えーっ、ちゃんと伝《つた》えてなかったの？」

まゆかちゃんに責《せ》められた皇《すめらぎ》くんは、申《もう》しわけなさそうに首《くび》の後《うし》ろを掻《か》いた。

「桃瀬《ももせ》って、まゆかに負《ま》けず劣《おと》らずのジュエルオタクだからな。オタク仲間《なかま》に会《あ》えるってわかったら、頭《あたま》の中《なか》がまゆかでいっぱいになってたと思《おも》うんだ」

その言葉《ことば》に、まゆかちゃんのほおがほんのり赤《あか》く色《いろ》づいた。

「それって、ボクに会《あ》えるのがうれしくて？　だったら、うれしいな」

まゆかちゃんは素直《すなお》に、にっこりと笑《わら》った。

「まゆかはうれしいかもだけど、彼氏《かれし》としてはシャクなんだぞ？　妹《いもうと》のことよりも、おれのことで頭《あたま》の中《なか》をいっぱいにしてほしいじゃん」

……はいっ？

ど、どういうこと!?

最後《さいご》のその言葉《ことば》、いりました!?

まゆかちゃんにアピールする必要《ひつよう》、ありますか!?

必死《ひっし》に口《くち》をパクパクとさせて抗議《こうぎ》したら、皇《すめらぎ》くんは小声《こごえ》でこう返《かえ》してきた。

「どこからウワサが流《なが》れるかわかんないでしょ？　だからまゆかの前《まえ》でも気《き》を抜《ぬ》かないように」

それは……完《かん》ペキ主義《しゅぎ》すぎませんか？

「……まゆかのクラスメイトに、昔《むかし》おれに告《こく》ってきた同級生《どうきゅうせい》の妹《いもうと》がいるんだよ。今回《こんかい》の情報源《じょうほうげん》も、たぶんそこ」

「じょ、情報源《じょうほうげん》？」

「まゆかが桃瀬《ももせ》のバッジに気《き》づいたのは、元《もと》をただせばそこからだから」

じゃあ皇《すめらぎ》くんが、まゆかちゃんにバッジの話《はなし》をしたんじゃないんだ……。

「まゆか、桃瀬《ももせ》に教《おし》えてあげてくれる？　なんでまゆかが桃瀬《ももせ》のバッジに気《き》づいたのか、気《き》になるみたいだから」

ああ、それなら……って言《い》いながら、ランドセルの中《なか》から学校支給《がっこうしきゅう》のタブレットを取《と》り出《だ》した。

「昨日《きのう》、友《とも》だちから画像《がぞう》が回《まわ》ってきたんだよ」

……ん？　画像《がぞう》？

「ほら、これがそれだよ！」

そう言《い》って見《み》せてくれた、タブレットの画面《がめん》に映《うつ》ってるそれは——。

「んぎゃー!!」

スクリーンを見《み》て、思《おも》わずさけんでしまった！

だってその画像《がぞう》っていうのは、あの校内新聞《こうないしんぶん》！

またキミですかっ!!

「それで、碧葉《あおば》は本当《ほんとう》に真魚《まお》ちゃんの彼氏《かれし》なの？」

「昨日《きのう》もそう言《い》ったろ？　桃瀬《ももせ》はおれの彼女《かのじょ》だってば」

皇《すめらぎ》くんは肯定《こうてい》して、わたしの肩《かた》を抱《だ》き寄《よ》せた。

再《ふた》び、んぎゃー！　と、今度《こんど》はサイレント悲鳴《ひめい》をあげてしまった!!

「そんなことよりも、真魚《まお》ちゃん！」

「そんなことって、まゆかお前《まえ》なぁ……」

なんか、不思議《ふしぎ》な気分《きぶん》。

まゆかちゃんの前《まえ》での皇《すめらぎ》くんは、**すごくお兄《にい》ちゃんだ。**

キラキラ族《ぞく》で学年一《がくねんいち》のモテ男子《だんし》が、お兄《にい》ちゃんもこなしている。

教室《きょうしつ》では見《み》られない、皇《すめらぎ》くんの意外《いがい》な一面《いちめん》かも。

「真魚《まお》ちゃんは、ジュエルのどのキャラが好《す》き？」

「わっ、わたしは**ダイヤさまっ！**」

もちろんほかのキャラも好《す》きだけど、やっぱりわたしはダイヤさま。

「そうなんだ！　ボクは**ルビーとダイヤのペア推《お》し！**」

「おおおっ！　あのペアいいよねっ！　お互《たが》いにいがみ合《あ》ってるのに、困《こま》った時《とき》には言葉《ことば》なんてなくてもわかり合《あ》ってる感《かん》じとか！　実《じつ》はダイヤさまはわたしの想像《そうぞう》の中《なか》でのボーイフレンドなんですが、ルビーにならダイヤさまをゆずれますっ！」

なんの話《はなし》してんの？　なんて皇《すめらぎ》くんは隣《となり》であきれ顔《がお》。

だけどまゆかちゃんは**「わかるよ！」**と、話《はなし》にのってくれた。

「ボクもルビーがつき合《あ》う相手《あいて》は、ダイヤじゃないとダメだって思《おも》ってるから」

おおおっ！　**話《はなし》が通《つう》じる！**

心置《こころお》きなくジュエルの話《はなし》ができる**爽《そう》・快《かい》・感《かん》!!**

「ジュエルのバッジを手《て》に入《い》れた人《ひと》が、真魚《まお》ちゃんでよかった」

「それは、ど、どういう意味《いみ》ですか？」

ホッとしてるまゆかちゃんの様子《ようす》を見《み》て、思《おも》わず敬語《けいご》が飛《と》び出《だ》しちゃった。

「だって真魚《まお》ちゃんは、ボクと同《おな》じくらい、ジュエルのことが好《す》きなんだってわかったから」

えへへっと笑《わら》うまゆかちゃんに、わたしも思《おも》わずほおがゆるむ。

だけど——。

「ボク、**真魚《まお》ちゃんが書《か》いたピッピコジュースの歌詞《かし》が好《す》きで、よく口《くち》ずさむんだ**」

なんて言《い》われて、ぎゃひー！　とさけんでしまう。

ななめ45度《ど》からやってきた、地獄《じごく》!!

「……どうしたの真魚《まお》ちゃん？」

「あ、いえ、あのポエムはなんというか……」

わたしの黒歴史《くろれきし》なので、できればあの歌詞《かし》は土《つち》の中《なか》に埋《う》めて封印《ふういん》したい。

「あっ、もしかして、一緒《いっしょ》に歌《うた》いたいの？」

それはただの、拷問《ごうもん》ですっ!!

皇《すめらぎ》くんに助《たす》けを求《もと》めようと、視線《しせん》を向《む》けてみると——**お腹《なか》を抱《かか》えて、笑《わら》っている！**

声《こえ》すら出《で》ないほど、肩《かた》をふるわせて笑《わら》っていらっしゃる！

ひどいっ!!

「まっ、まゆか残念《ざんねん》だけど、ここでその歌《うた》を歌《うた》うのは禁止《きんし》な。桃瀬《ももせ》はそれ、アレルギーなみに歌《うた》うのも聞《き》くのも苦手《にがて》だから」

ヒーヒーと笑《わら》いをこらえながら言《い》った皇《すめらぎ》くんに、まゆかちゃんは首《くび》をかしげてる。

「苦手《にがて》？　**なんで？**　自分《じぶん》が書《か》いたポエムなのに、好《す》きじゃないの？」

純粋無垢《じゅんすいむく》な瞳《ひとみ》で、真《ま》っ直《す》ぐ疑問《ぎもん》を投《な》げかけられちゃうと、なんだか良心《りょうしん》が痛《いた》い。

「自分《じぶん》で書《か》いたポエムだからだよ。**もう何回《なんかい》も聞《き》きすぎて、いやだーって桃瀬《ももせ》は思《おも》ってるみたい。**

だから、ごめんな」

本人《ほんにん》はまだ腑《ふ》に落《お》ちてないのか、皇《すめらぎ》くんの言葉《ことば》を一生懸命《いっしょうけんめい》のみくだそうとしてる。

むむっと、眉毛《まゆげ》を逆八《ぎゃくはち》の字形《じがた》にしながらも、最後《さいご》には「うん、わかった」と承諾《しょうだく》してくれた。

まゆかちゃん、いい子《こ》だ。

そんな新《あたら》しいお友《とも》だちに、わたしは胸《むね》がいっぱいです！

7
5人目《にんめ》の戦士《せんし》

新《あたら》しい友《とも》だちができて、天《てん》にものぼる思《おも》いをした翌日《よくじつ》。

わたしは天国《てんごく》から——**地獄《じごく》の1丁目《ちょうめ》**につき落《お》とされました。

「マジかよ！　こんなのヤラセだろ！」

教室内《きょうしつない》は今日《きょう》も元気《げんき》に、阿鼻叫喚《あびきょうかん》の嵐《あらし》。

その理由《りゆう》は……。

「ははっ、ヤラセじゃなくて実力《じつりょく》でしょ！　な、桃瀬《ももせ》♡」

席替《せきが》えで、皇《すめらぎ》くんとわたしは隣同士《となりどうし》になりました!!

「すっ、皇《すめらぎ》くんはクジ運《うん》がなかったのではっ!?」

春《はる》の遠足《えんそく》では、実行委員《じっこういいん》に選《えら》ばれなかったのに。

席決《せきぎ》めのクジでは、皇《すめらぎ》くんがまさかの隣《となり》に！

「ああ、だから魔法《まほう》を使《つか》ったんだ」

「魔法《まほう》!? そそそ、それはどんな魔法《まほう》ですか!?」

「どんなって……愛《あい》の魔法《まほう》♡ なんてな」

バチコーン! と音《おと》でも鳴《な》りそうな、特大《とくだい》のウインクつきだ!

ぎゃー! 地獄《じごく》の2丁目《ちょうめ》!

「カップルで隣同士《となりどうし》とか、ナシにしようよー!」

「そうだそうだ! 気《き》になって、授業《じゅぎょう》になんねーよ!」

「いやいや、これは公平《こうへい》にクジで決《き》まったんだから、文句言《もんくい》いっこなしでしょ。いわば神《かみ》さまの思《おぼ》し召《め》しってやつだな」

クラスメイトも納得《なっとく》していない様子《ようす》!

わたしもできることなら、別々《べつべつ》がいいです!

じゃないと、皇《すめらぎ》くんのドぎついアピールに、わたしの命《いのち》の炎《ほのお》が燃《も》えつきます!!

「って、皇《すめらぎ》くん。どうしてつくえを、くっつけてくるの……?」

「どうしてって、次《つぎ》の授業《じゅぎょう》の教科書《きょうかしょ》を持《も》ってくるの忘《わす》れちゃったから、桃瀬《ももせ》に見《み》せてもらおうと思《おも》って」

わっ、忘《わす》れ物《もの》なら仕方《しかた》ない……そう思《おも》った直後《ちょくご》。

「ちなみに、今日《きょう》は全部《ぜんぶ》教科書《きょうかしょ》ないから、桃瀬《ももせ》よろしく」

ほらきたー！　確信犯《かくしんはん》です!!

わたしはすでに、**地獄《じごく》の3丁目《ちょうめ》**までやって来《き》てしまった模様《もよう》！

「おいおい、教科書《きょうかしょ》なら他《ほか》のクラスに借《か》りてこいよ！」

「そうだよ！　それならあたしが教科書貸《きょうかしょか》すって！　あたしは友《とも》だちに借《か》りるし!!」

みなさん、全力《ぜんりょく》で皇《すめらぎ》くんとわたしの席《せき》を引《ひ》き離《はな》そうと必死《ひっし》だ。

今《いま》だけはクラスのみなさんを応援《おうえん》します！

「なんでみんな、そんなにおれと桃瀬《ももせ》のことを引《ひ》き離《はな》そうとするんだ……？」

「そりゃ、授業中《じゅぎょうちゅう》までいちゃつかれたくないからだろ。先生《せんせい》にも報告《ほうこく》するぞ！」

「桃瀬《ももせ》さんも、いくらつき合《あ》ってるからってベタベタされすぎるのは、いやだよねぇ？」

「えっ？」

クラスメイトの女《おんな》の子《こ》から、そんなふうに言《い》われたのは初《はじ》めて。

思《おも》わずおどろいて彼女《かのじょ》——木原《きはら》さんの方《ほう》を見《み》ると。

「あれ？　違《ちが》った？」

「い、いいえ……じゃない、ううん！　そんなことない。合《あ》ってる！」

「ほらね。だから皇《すめらぎ》くんも、ちょっとは気《き》をつかいなよ～」

木原《きはら》さんは、皇《すめらぎ》くんファンの子《こ》じゃないみたい。

初《はじ》めてに近《ちか》い、このまともに話《はなし》をする感《かん》じ！

感動《かんどう》です！　そう思《おも》ってるわたしの隣《となり》で、皇《すめらぎ》くんは「うーん」と腕《うで》を組《く》んでうなった。

「悪《わる》かったよ。桃瀬《ももせ》と隣《となり》の席《せき》になれて、浮《う》かれすぎてたみたいだな」

そう言《い》った後《あと》、皇《すめらぎ》くんはわたしの手《て》をにぎりしめた。

「じゃあ静《しず》かに手《て》でもつないでおこうかな。それなら問題《もんだい》ないでしょ」

「ぎゃひっ！　問題《もんだい》だらけです！」

心臓《しんぞう》に悪《わる》い！　びっくりして心臓《しんぞう》が止《と》まるかと思《おも》いました！

「……これが**地獄《じごく》の4丁目《ちょうめ》**ですか」

「地獄《じごく》の、4丁目《ちょうめ》？　なんだそれ」

「とっ、とにかく手《て》をはなして！」

涙《なみだ》の訴《うった》えに、皇《すめらぎ》くんはあっさりと手《て》を解放《かいほう》してくれた。

——だけど。

「席《せき》が近《ちか》いと、アピールもしやすくていいな……」

なんて、悪役《あくやく》みたいな笑《え》みで言《い》われた腹黒《はらぐろ》い言葉《ことば》が、わたしの耳《みみ》に届《とど》いた。

……早《はや》く次《つぎ》の席替《せきが》えが、やってきますように。

思《おも》わず星《ほし》の見《み》えない昼間《ひるま》の空《そら》に向《む》かって、そう願《ねが》ったのでした。

「わっ、わたしはきっと、神《かみ》さまにきらわれている……」

「桃瀬《ももせ》が？　なんで？」

あっけらかんと言《い》ってのけるのは、神《かみ》さまに愛《あい》されしキラキラ族《ぞく》、皇《すめらぎ》くん。

「今日一日《きょういちにち》の出来事《できごと》を、ふり返《かえ》ってみてください！」

授業《じゅぎょう》を聞《き》きながら、時々《ときどき》わたしにアイコンタクトを送《おく》ってきたり（地獄《じごく》5丁目《ちょうめ》）。

小《しょう》テストの丸付《まるつ》けで、プリント交換《こうかん》したら『好《す》きだよ、桃瀬《ももせ》♡』なんてメッセージ付《つ》きで返《かえ》されたり（地獄《じごく》6丁目《ちょうめ》）。

そのプリントを回収《かいしゅう》してくれたクラスメイトに、冷《ひ》やかされたり（地獄《じごく》7丁目《ちょうめ》）。

本日《ほんじつ》の地獄《じごく》めぐりツアー、そろそろ解放《かいほう》してください!!

そんなわたしは、今《いま》もこうして皇《すめらぎ》くんと下校中《げこうちゅう》。

と言《い》ってもフリなので、校門《こうもん》を出《で》て少《すこ》ししたら別々《べつべつ》に帰《かえ》るんだけど。

「あっ、そういえば桃瀬《ももせ》のおかげで、最近《さいきん》は告白《こくはく》の回数《かいすう》が減《へ》ってきたんだ」

なんとっ！

「だっ、だったら、周《まわ》りにアピールするのはそろそろ控《ひか》えても……？」

「ここで手《て》を抜《ぬ》いたらさ、桃瀬《ももせ》とおれの関係《かんけい》がうまくいってないってウワサが出《で》て、また告白《こくはく》される回数《かいすう》が増《ふ》えるかもしれないでしょ？　だから継続《けいぞく》だな」

……地獄《じごく》って、なん丁目《ちょうめ》まであるの？

わたしの命《ライフ》は足《た》りるのでしょうか。

「桃瀬《ももせ》こそ、最近《さいきん》クラスの女子《じょし》とも良《い》い感《かん》じじゃん。今日《きょう》も木原《きはら》さんと自然《しぜん》に話《はな》せてたし」

「はっ、話《はな》せてたというか、木原《きはら》さんが好意的《こういてき》に話《はな》しかけてくれただけというか……」

「好意的《こういてき》に話《はな》しかけてもらったことも、第一歩《だいいっぽ》でしょ。元々《もともと》はそうじゃなかったんだから」

そっ、そうかな？

わたしは何《なに》もしてないんだけど。

「でも、わたしなんかと話《はな》して、木原《きはら》さんはいやじゃなかったかな……？　今日《きょう》は大丈夫《だいじょうぶ》だったけど、テンパってマシンガントークをするクセは、まだ出《で》ちゃうし……」

皇《すめらぎ》くんは「うーん」なんてうなりながら、首《くび》をかしげた。

「よし、**お昼《ひる》のレクチャー番外編《ばんがいへん》！**」

「……えっ？」

突然《とつぜん》ですか？

「最近《さいきん》さ、お昼《ひる》は恋愛《れんあい》ごっこの役《やく》になりきる口裏合《くちうらあ》わせとか、今《いま》までの復習《ふくしゅう》が多《おお》かったでしょ。だから番外編《ばんがいへん》では、**〝今《いま》〟**桃瀬《ももせ》と話《はな》してて気《き》になったことをレクチャーするよ」

「い、今《いま》、気《き》になったこと？」

うん、と一度《ど》うなずいた後《あと》、皇《すめらぎ》くんがこう言《い》った。

「桃瀬《ももせ》ってさ、自分《じぶん》に自信《じしん》がないからか、いつも後《うし》ろ向《む》きな話《はなし》をしがちだよね」

「……ジッ、ジメジメとしたところに生《は》える、キノコのような存在《そんざい》ですみません」

わたしは真剣《しんけん》に謝《あやま》ったつもりだけど、皇《すめらぎ》くんは「ははっ」って、声《こえ》を立《た》てて笑《わら》ったんだ。

「桃瀬《ももせ》は後《うし》ろ向《む》きなこと言《い》っても、なんかおもしろいから得《とく》だよな」

そ、そうなの……？

っていうか、それは得《とく》なの？

「おれは、そういう桃瀬《ももせ》が好《す》きだけど」

「ギャフン！　急《きゅう》にアピールはやめてください！」

しかもこんなアピール対象《たいしょう》がいない場所《ばしょ》でするのは、魔法《まほう》のムダづかいだ!!

「えっ？　アピール？　別《べつ》に普通《ふつう》にそう思《おも》ったから、言《い》っただけだけど」

なんと！　天然《てんねん》たらし魔法《まほう》が発動《はつどう》した模様《もよう》！

「息《いき》を吸《す》うように、たらし発言《はつげん》するクセはやめて！」

皇《すめらぎ》くんは納得《なっとく》いかないと言《い》いたげに、眉間《みけん》に深《ふか》ーいシワをきざんだ。

「人《ひと》として好《す》きって意味《いみ》じゃん。それも言《い》ったら、ダメなの？」

「ダメです！　皇《すめらぎ》くんは言《い》ったらダメ!!」

皇《すめらぎ》くんに好《す》きだと言《い》われても、わたしはカン違《ちが》いしない。

そういう契約《けいやく》で、恋愛《れんあい》ごっこをしてるんだから。

だけど――**キラキラ族《ぞく》の好《す》きって言葉《ことば》は、メガトン級《きゅう》のパワーワード！**

すみっこ族《ぞく》を、瞬時《しゅんじ》に気絶《きぜつ》させる力《ちから》がある！

「わかったよ。ともかく、桃瀬《ももせ》のコミュ力《りょく》をアップさせるためには、ちょっと考《かん》え方《かた》を変《か》えた方《ほう》がいいかもって思《おも》ったんだ。ほらよく〝**わたしなんか～**〟とか言《い》うでしょ」

「すっ、すみません……」

「いや、それが桃瀬《ももせ》の性格《せいかく》なんだろうし、仕方《しかた》ないんだけど……でもさ、それがそう考《かんが》えてしまうクセなんだったら、変《か》えられるよ」

キッパリと言《い》い切《き》った皇《すめらぎ》くんは、真《ま》っ直《す》ぐわたしに向《む》き合《あ》った。

「桃瀬《ももせ》、両手《りょうて》でグーを作《つく》って」

「えっ？　こっ、こう？」

キュッとこぶしを作《つく》って、ファイティングポーズを取《と》った。

すると皇《すめらぎ》くんが、わたしの手首《てくび》をつかんで、それを上下《じょうげ》にふる。

「大丈夫《だいじょうぶ》、できる。桃瀬《ももせ》はなんだって、できる。どんなことがあっても、大丈夫《だいじょうぶ》」

えっ、えーっと……。

「な、なんですか、これ」

「なにって、**おまじない**」

わたしの手《て》を解放《かいほう》した皇《すめらぎ》くんは、白《しろ》い歯《は》を見《み》せて笑《わら》った。

「おまじない？　テクニックとかじゃなく……？」

人《ひと》の目《め》が見《み》られないなら、眉《まゆ》と眉《まゆ》の間《あいだ》に視線《しせん》を向《む》けるといいとか。

呼《よ》びかける時《とき》や話《はな》しかける時《とき》は、相手《あいて》の名前《なまえ》もきちんと呼《よ》ぶのがいいとか。

今《いま》まではそういった、実践的《じっせんてき》で技術的《ぎじゅつてき》なことを、教《おし》えてくれてたのに。

「知《し》ってる？　人《ひと》って一日《いちにち》に自分《じぶん》との会話《かいわ》、『**脳内《のうない》トーク**』をなん千回《ぜんかい》からなん万回《まんかい》もしてるんだって。たぶんだけど、桃瀬《ももせ》の場合《ばあい》はその『脳内《のうない》トーク』も多《おお》い方《ほう》じゃない？」

おっ、多《おお》いと思《おも》います……。

特《とく》に人《ひと》と会話《かいわ》する時《とき》、しなくちゃいけない時《とき》は、脳《のう》みそフル回転《かいてん》だし。

「前《まえ》に何《なに》かの雑誌《ざっし》で読《よ》んだんだけど……頭《あたま》の中《なか》で話《はな》す言葉《ことば》は、声《こえ》に出《だ》す言葉《ことば》よりも10倍以上《ばいいじょう》速《はや》いって、書《か》いてあったんだ」

皇《すめらぎ》くんがこめかみを、トントンと人差《ひとさ》し指《ゆび》でたたいた。

「それだけの『**脳内《のうない》トーク**』の大半《たいはん》がさ、もし後《うし》ろ向《む》きな言葉《ことば》でしめられてたら、上手《うま》くいくも

のでも上手《うま》くいかない気《き》がしない？」

「うーん……そう、かな。〝**病《やまい》は気《き》から**〟的《てき》な話《はなし》と同《おな》じハッソウ？」

病気《びょうき》もその人《ひと》の気持《きも》ち次第《しだい》で、重《おも》くも、逆《ぎゃく》に軽《かる》くもなるって聞《き》くよね？

「**そう！**　毎日後《まいにちうし》ろ向《む》きなネガティブワードを聞《き》き続《つづ》けてたら、気分《きぶん》も沈《しず》んだり、へこんだりするでしょ。だから、そうならないように**マインドを整《ととの》える！**」

「な、なるほど〜」

自信《じしん》まんまんに言《い》う皇《すめらぎ》くんの姿《すがた》に、わたしもそんな気《き》がしてきた。

「**桃瀬《ももせ》がピンチの時《とき》は、おれはいつだってかけつけるよ。**でもさ、どうしても無理《むり》な時《とき》ってあるでしょ」

なんとも心強《こころづよ》い言葉《ことば》だけど、それはもちろんあるよね。

「しかもそのピンチが、桃瀬《ももせ》の『脳内《のうない》トーク』によって生《う》まれたものだったら、おれは気《き》づくことすらできないかもしれない。だから——」

皇《すめらぎ》くんの人差《ひとさ》し指《ゆび》が、ツンとわたしの額《ひたい》を指《さ》した。

「**そのピンチの時《とき》に助《たす》けてくれるのは、おれやダイヤってキャラじゃない。桃瀬自身《ももせじしん》だ**」

——キラキラとしたかがやきを持《も》つ、男《おとこ》の子《こ》。

キラキラ族《ぞく》だから、光《ひかり》の戦士《せんし》だから。

だから皇《すめらぎ》くんは、いつもこんなにかがやいてるのかな。

「……皇《すめらぎ》くんは、ヒーローですね」

放《はな》つ言葉《ことば》も力強《ちからづよ》くて、笑《わら》った顔《かお》には光《ひかり》が差《さ》す。

そんなカッコいい、ヒーロー。

「なに言《い》ってんの。**ヒーローは桃瀬《ももせ》でしょ**」

皇《すめらぎ》くんの指《ゆび》が、スッとわたしの胸《むな》もとに降《お》りた。

「桃瀬《ももせ》は『魔導戦士《まどうせんし》ジュエル』の5人目《にんめ》の戦士《せんし》、なんだからさ」

にっこりと笑《わら》う皇《すめらぎ》くんに、思《おも》わずわたしの胸《むね》が小《ちい》さく弾《はず》む。

まるで制服《せいふく》のリボンにつけてる『ローズクォーツ』のピンバッジが、命《いのち》を吹《ふ》き込《こ》まれたみたいだった。

8 バチバチの火花《ひばな》が……！

まゆかちゃんと友《とも》だちになって、ジュエルのオタク話《ばなし》ができる幸《しあわ》せ。

あれから何度《なんど》か、学校帰《がっこうがえ》りに中学校《ちゅうがっこう》まで来《き》てくれたんだ。

そして今日《きょう》も——。

「これが**ジュエルの限定《げんてい》ピンバッジ『ローズクォーツ』**なんだ！　すごーい！」

いつもわたしがつけてるバッジ。

遠慮《えんりょ》がちに触《さわ》らせて欲《ほ》しいと言《い》われて渡《わた》したら、まゆかちゃんはバッジのかがやきに負《ま》けないくらい、キラッキラとした瞳《ひとみ》でよろこんでくれてる。

「良《い》いなー、ボクもこれ欲《ほ》しかったなぁ！」

美少女《びしょうじょ》ちゃんが自分《じぶん》のことをボクって言《い》うの、いつ聞《き》いてもかわいい。

「グッズなら、まゆかだってたくさん持《も》ってるだろ」

「ほーんとに碧葉《あおば》はわかってないなぁ！　限定品《げんていひん》は手《て》に入《はい》らないからミリョク的《てき》なんだよ！」

「はいはい、そーかよ」

皇《すめらぎ》くんのことを名前《なまえ》で呼《よ》ぶせいなのか、はっきりと話《はな》す性格《せいかく》のせいなのか、どこかまゆかちゃんは実際《じっさい》の年齢《ねんれい》よりも大人《おとな》びて見《み》えちゃう。

ちょうどそう思《おも》ったタイミングで、後《うし》ろから自転車《じてんしゃ》が。

こうふん気味《ぎみ》のまゆかちゃんを心配《しんぱい》して、皇《すめらぎ》くんは彼女《かのじょ》と片手《かたて》をつなぎ、道路側《どうろがわ》へと立《た》ち位置《いち》を代《か》わった。

こういう行動《こうどう》を見《み》ると、**皇《すめらぎ》くんって本当《ほんとう》にお兄《にい》ちゃんだなって実感《じっかん》するし、新鮮《しんせん》だ。**

「でもボクは『ルビー』と『ダイヤ』推《お》しだし、ルビーのピンバッジ持《も》ってるから、いいんだー」

「そういえば、いつもつけてるバッジ、今日《きょう》はつけてない？」

「つけてるよ、**ほらここっ！**」

そう言《い》って、ふたつに結《むす》んだツインテールの髪《かみ》をゆらす。

髪《かみ》を結《むす》ぶゴムには、カラフルな色《いろ》のカラーボール。

その中《なか》に、**ルビーの赤《あか》い色《いろ》をしたバッジがある！**

さすがはキラキラ族《ぞく》！　服装《ふくそう》がオシャレなだけじゃなく、アレンジもすごい！

「これでボクは、いつでもルビーに変身《へんしん》できちゃうよねっ！」

そう言《い》いながらうれしそうに、バレリーナのように手《て》を伸《の》ばして踊《おど》ってる。

「でっ、では今度《こんど》……よ、よかったら……変身《へんしん》ごっこして遊《あそ》びませんか？」

いやな顔《かお》をされたらどうしようって思《おも》ったけど、その心配《しんぱい》は無用《むよう》だった。

「えっ！　やりたい!!」

弾《はじ》けた笑顔《えがお》で、まゆかちゃんは瞳《ひとみ》をキラキラとかがやかせた。

同時《どうじ》にわたしは、ゾワゾワゾワッと足元《あしもと》から込《こ》み上《あ》げてくるよろこびに、震《ふる》えます！

今《いま》までひとりで変身《へんしん》ごっこをして遊《あそ》んできた身《み》としては、誰《だれ》かとジュエルごっこできるなんて
……感無量《かんむりょう》です!!

「そういえばさ、前《まえ》に新聞《しんぶん》で見《み》た、**碧葉《あおば》と真魚《まお》ちゃんを取《と》り合《あ》ってるもうひとりの男《おとこ》の人《ひと》って、ちょっとダイヤに似《に》てたよね**」

校内新聞《こうないしんぶん》の写真《しゃしん》に写《うつ》ってた黄野《きの》さん。

写真《しゃしん》は横顔《よこがお》だったけど、それでもにじみ出《で》ていたダイヤさま感《かん》。

もしくはまゆかちゃんの、オタクセンサーが発動《はつどう》したのかもしれないけど。

まゆかちゃんが生《なま》の黄野《きの》さんを見《み》たら、冷静《れいせい》ではいられないんじゃ……なんて思《おも》った時《とき》だった。

「まっ、まま、真魚《まお》ちゃんっ！　あれ……！」

まゆかちゃんが、ほおをリンゴみたいに赤《あか》くそめて指差《ゆびさ》す先《さき》。
そこには――。

「……桃瀬《ももせ》さん？」


生《なま》の黄野《きの》さんの姿《すがた》が!! まさかの本物《ほんもの》！

しかも黄野《きの》さんはわたしに向《む》けて、大盤《おおばん》ぶる舞《ま》いの微笑《ほほえ》みを見《み》せた。

そそそ、その笑顔《えがお》は、ダメです。

ファンサービスがすごすぎて、致死量《ちしりょう》の鼻血《はなぢ》が出《で》てしまいます！

「……真魚《まお》ちゃん」

まゆかちゃんはこうふんした様子《ようす》で、わたしのスカートをにぎった。

「ボク、鼻血《はなぢ》が出《で》るかも……」

なんとっ！ さすがはジュエルオタク仲間《なかま》！

想《おも》いがシンクロしました!!

「桃瀬《ももせ》さん、ここでなにして――」

「見《み》たらわかるだろ。**デートだよ。**放課後《ほうかご》デート」

わたしが聞《き》かれたのに、なぜか皇《すめらぎ》くんが答《こた》える構図《こうず》。

黄野《きの》さんが近《ちか》づいてきたことにより、再《ふたた》び皇《すめらぎ》くんのアピールのお時間《じかん》です！

そしてわたしにとっては、地獄《じごく》の始《はじ》まり!!

「デート？　**3人《にん》で？**」

黄野《きの》さんは、皇《すめらぎ》くんの背中《せなか》から顔《かお》をのぞかせてるまゆかちゃんに、目《め》を向《む》けた。

「そっくりだけど、妹《いもうと》さん？」

話《はな》しかけられたタイミングで、キラキラ族《ぞく》の天使《てんし》、まゆかちゃんのスイッチが入《はい》る。

「あのっ！　**お兄《にい》さんって、ジュエルの『ダイヤ』ですか？**」

瞳《ひとみ》から放《はな》たれる、キラキラ族《ぞく》のキラキラビーム。

それに加《くわ》えて、純粋無垢《じゅんすいむく》な澄《す》んだ瞳《ひとみ》。

黄野《きの》さんは、なんて答《こた》えるんだろう。

固唾《かたず》をのんで見守《みまも》っていると——。

「**……バカなの？　自《みずか》らヒミツをバラすヤツがどこにいる**」

見事《みごと》にダイヤさまのセリフで返《かえ》されました！

「キャァァァァ!!」

この場《ば》にとどろくほどの悲鳴《ひめい》。

そしてわたしももれなく、絶叫《ぜっきょう》（心《こころ》の中《なか》で）！

「ダイヤの言葉《ことば》だ！　**このお兄《にい》さん、本物《ほんもの》のダイヤなんだ!!**」

ガシッと皇《すめらぎ》くんの制服《せいふく》のスソをつかみながら、まゆかちゃんがこうふんして跳《は》ねる。

「まゆか、あの校内新聞《こうないしんぶん》の情報《じょうほう》だと、あいつとおれは桃瀬《ももせ》を取《と》り合《あ》うライバルだろ？　それなのに兄《にい》ちゃんそっちのけでテンション上《あ》げるっていうのは、どうなの？」

「えー、**ダイヤが相手《あいて》だったら、碧葉《あおば》に勝《か》ち目《め》はなくない？**　**真魚《まお》ちゃんは碧葉《あおば》でいいの？**」

「こら、まゆか！」

……なんだか、デジャブでしょうか？

見《み》た目《め》も話《はな》し方《かた》も全然違《ぜんぜんちが》うのに、まゆかちゃんが鈴川《すずかわ》さんに見《み》えてきました……。

「あっ、**でもボクは、真魚《まお》ちゃんが碧葉《あおば》とくっついてくれてる方《ほう》がいいかも**」

うーん……なんて、考《かん》え込《こ》むように空《そら》を見上《みあ》げたまゆかちゃん。

「**そしたら真魚《まお》ちゃんは、ゆくゆくは碧葉《あおば》と結婚《けっこん》して、ボクのお姉《ねえ》さんになるもんね**」

ぎゃひぃいいいいいい!!

そっ、その設定《せってい》は、わたしの契約《けいやく》に含《ふく》まれていませんっ！

「だったらずっと一緒《いっしょ》に、ジュエルごっこができるね」

えへへって笑《わら》う毒気《どくけ》のない笑顔《えがお》。

まゆかちゃんにもナイショにしてる、このニセモノの恋愛《カンケイ》ごっこ。

純粋《じゅんすい》な小学生《しょうがくせい》をダマしてることが、心苦《こころぐる》しいと思《おも》うのはわたしだけでしょうか!?

「……ざんこくなことを言《い》うけど、今《いま》つき合《あ》ってても、将来結婚《しょうらいけっこん》するとは限《かぎ》らないんだよ」

いつものクールな顔《かお》で、淡々《たんたん》と言《い》い切《き》るダイヤさまこと黄野《きの》さん。

まゆかちゃんとしっかり目線《めせん》を合《あ》わせるために、しゃがんでそう言《い》った。

「いや、本当《ほんとう》にざんこくだな。小学生《しょうがくせい》の純粋《じゅんすい》な意見《いけん》に対《たい》して、なに言《い》ってんだよ」

「でもこれくらいの現実《げんじつ》は、今《いま》からでも知《し》ってた方《ほう》がいいと思《おも》う」

よっ、よくわからないけど、ふたりがケンカしてるように思《おも》えるのは、わたしだけ？

ゴゴゴゴ……なんて地響《じひび》きと共《とも》に、カーンと試合開始《しあいかいし》のゴングが聞《き》こえる。

わたしはその戦《たたか》いに巻《ま》き込《こ》まれないように――って思《おも》ったけれど逃《に》げ遅《おく》れました！

皇《すめらぎ》くんはわたしの肩《かた》を抱《だ》き寄《よ》せたかと思《おも》ったら……。

「っていうかおれと桃瀬《ももせ》はラブラブだから、結婚《けっこん》するかもね」

「ひっ――ふぐっ！」

わたしが悲鳴《ひめい》をあげる前《まえ》に、皇《すめらぎ》くんがすかさず手《て》で口《くち》をふさぐ！

「ああごめんごめん。桃瀬《ももせ》の口元《くちもと》になんかついてた」

わたしの口《くち》を解放《かいほう》すると同時《どうじ》に、皇《すめらぎ》くんはボソリと一言《ひとこと》。

「桃瀬《ももせ》、少《すこ》しの間《あいだ》、心《こころ》の中《なか》で**念仏《ねんぶつ》でもとなえて、そっちに意識《いしき》を集中《しゅうちゅう》してて**」

ねっ、**念仏《ねんぶつ》？**　南無阿弥陀仏《なむあみだぶつ》とかいう、アレ？

わたしは言《い》われるがまま、念仏《ねんぶつ》をとなえ始《はじ》めた。

　な～む～

「桃瀬《ももせ》ってさ人見知《ひとみし》りだし、口下手《くちべた》な上《うえ》に照《て》れ屋《や》だからカン違《ちが》いされやすいんだけど」

　あ～み～だ～

「ふたりきりの時《とき》は、桃瀬《ももせ》の方《ほう》がおれを好《す》き好《す》きって言《い》って、すごいんだからな」

「ぶつぁひっ!!」

いつものよそ行《い》きの顔《かお》で、光《ひか》りかがやく笑《え》みをたずさえて。

――なんて、とてつもないウソをつくのですか!?

周《まわ》り（皇《すめらぎ》くん）からの邪念《じゃねん》が強《つよ》すぎて、念仏《ねんぶつ》では心《こころ》を無《む》にできませんでした！

「ほら、こんな反応《はんのう》をするのも、テレてる証拠《しょうこ》だし。な、桃瀬《ももせ》？」

……策士《さくし》、皇《すめらぎ》くん。

アピールの方向性《ほうこうせい》、変《か》えてきましたね？

「そそそ、そう、だね。テレちゃうなぁ～（棒読《ぼうよ》み）」

わたしは大根役者《だいこんやくしゃ》ですが、それでも皇《すめらぎ》くんの彼女役《かのじょやく》を、やってみせようホトトギス！

だってこれは、ふたりで決《き》めた約束《やくそく》だから！

「すっ、皇《すめらぎ》くんって、いつも自信《じしん》に満《み》ちあふれてるから、かかか、かっこいい！」

桃瀬真魚《ももせまお》！　こんな恥《は》ずかしい言葉《ことば》をよく言《い》った！

しかも皇《すめらぎ》くんの身内《みうち》（まゆかちゃん）の前《まえ》で！

さらに、わたしの推《お》しの、ダイヤさまこと黄野《きの》さんの目《め》の前《まえ》でっ!!

達成感《たっせいかん》に包《つつ》まれそうになってる中《なか》、まゆかちゃんが黄野《きの》さんの服《ふく》のソデを遠慮《えんりょ》がちにつかんだ。

「ボクも真魚《まお》ちゃんも、本気《ほんき》でダイヤのことが好《す》きだから、あんまり落《お》ち込《こ》まないでね……」

黄野《きの》さんは困《こま》ったようで、悲《かな》しそうな目《め》を向《む》けた。

まゆかちゃんは、校内新聞《こうないしんぶん》の内容《ないよう》しか知《し》らないから、黄野《きの》さんがわたしを好《す》きなんだとカン違《ちが》いしてるみたい。

あれはエンターテイメントというか、ただのゴシップネタ。

よく考《かんが》えたら、わたしのことを好《す》きじゃない黄野《きの》さんにとっては、いい迷惑《めいわく》ですよね。

そんな気持《きも》ちを抱《いだ》きはじめた中《なか》、ふと皇《すめらぎ》くんに顔《かお》を向《む》けると。

「す、皇《すめらぎ》くん？　どうかしたの？」

皇《すめらぎ》くんは手《て》で口《くち》もとをかくしながら、そっぽを向《む》いてる。

「あっ、碧葉《あおば》ってば真魚《まお》ちゃんにかっこいいって言《い》われて、テレてる～！」

ええっ！　言《い》われてみたら、耳《みみ》が赤《あか》い……？

でも、今《いま》まで散々《さんざん》レッスンをしてきて、聞《き》きなれてるはずでは？

「テッ、テレてねーわ！」

そう言《い》いながら向《む》けられた顔《かお》は、どんどん赤《あか》みを増《ま》している。

「桃瀬《ももせ》があんな風《ふう》にちゃんと言《い》う姿《すがた》を見《み》て、おれ、ちょっと感動《かんどう》した」

えっ、あっ、な、なるほど、感《かん》きわまってくれてたんだ？

「そりゃ、**キラキラ族《ぞく》**の皇《すめらぎ》くんだったら、簡単《かんたん》に言《い》えるのでしょうけど……」

「キラキラ族《ぞく》？」

まゆかちゃんが、首《くび》をかしげてる。

ああっ、つい、いつものクセで言《い》ってしまった！

キラキラ族《ぞく》はわたしが造《つく》りだした言葉《ことば》なので、知《し》らなくて当然《とうぜん》です。

「キラキラ族《ぞく》っていうのはね、話《はな》し上手《じょうず》だったり、かわいくてかっこよくて、クラスでの人気者《にんきもの》で……あっ、**まゆかちゃんも間違《まちが》いなくキラキラ族《ぞく》だよ！**」

まゆかちゃんと皇《すめらぎ》くんだけでなく、黄野《きの》さんもだけど。

「前《まえ》から思《おも》ってたけど、まゆかちゃんってジュエルのアイテムを、服装《ふくそう》にも取《と》り入《い》れてるよね？オタクアイテムをオシャレに取《と》り入《い》れられるのも、キラキラ族《ぞく》の特徴《とくちょう》だから」

「**……なにそれ**」

まゆかちゃんの表情《ひょうじょう》が、どんどんかたく、そしてしずんでいく。

「**真魚《まお》ちゃんは違《ちが》うと思《おも》ってたけど、一緒《いっしょ》だ……**」

違《ちが》うと思《おも》ってたけど？　一緒《いっしょ》？

どっ、どういう意味《いみ》？

よくわからないけど、まゆかちゃんが見《み》せる、怒《おこ》ってるようで悲《かな》しんでるような表情《ひょうじょう》に、わたしの心臓《しんぞう》がドクドクとうなる。

あっ、も、もしかしたら、わたしとまゆかちゃんが同《おな》じ種族《しゅぞく》だと思《おも》ってるのかな？

だから不快《ふかい》に感《かん》じちゃったとか……？

「ち、ちなみにわたしは、まゆかちゃんとは真逆《まぎゃく》っ！　**すみっこ族《ぞく》**だから！　キラキラ族《ぞく》とは太陽《たいよう》と月《つき》くらい違《ちが》うよ！　だから、安心《あんしん》してっ！　一緒《いっしょ》にされるのはいやだったよね!?」

そうやって、全力《ぜんりょく》で否定《ひてい》した。

そう言《い》ったら、安心《あんしん》してもらえると思《おも》ったのに。

「**……ボク、帰《かえ》る**」

「「えっ？」」

思《おも》わず皇《すめらぎ》くんとわたしの声《こえ》が重《かさ》なった。

まゆかちゃんの急《きゅう》な言葉《ことば》に、おどろいてしまった。

「まゆか、急《きゅう》にどうしたんだ？」

まゆかちゃんはランドセルの肩《かた》の部分《ぶぶん》をつかんで、くちびるをツンととがらせた。

「**……結局《けっきょく》、真魚《まお》ちゃんもそんな風《ふう》にボクをはじくんだ**」

はっ、はじく？

「真魚《まお》ちゃんとは、良《い》いお友《とも》だちになれたと思《おも》ってたのに」

まゆかちゃんのつぶやいた言葉《ことば》に、わたしの心臓《しんぞう》がグシャッて、にぎりつぶされたような気《き》がした。

なんで？

わたしは、良《い》いお友《とも》だちじゃないってこと……？

「桃瀬《ももせ》？　大丈夫《だいじょうぶ》——って、**おい、まゆか！**」

皇《すめらぎ》くんのあわてた声《こえ》を無視《むし》して、まゆかちゃんはかけて行《い》ったんだ。

9 ありのままの自分《じぶん》

今《いま》のわたしは、なにもかもがぺしゃんこにつぶれてしまった気分《きぶん》だった。

皇《すめらぎ》くんは、まゆかちゃんを追《お》って、先《さき》に帰《かえ》っていった。

わたしを心配《しんぱい》して残《のこ》ろうとしてくれたんだけど、そんな皇《すめらぎ》くんの背中《せなか》を押《お》したのはわたし。

あんな様子《ようす》のまゆかちゃんをひとりで帰《かえ》すのは、心配《しんぱい》だったから。

すごく悩《なや》んだ顔《かお》を見《み》せた後《あと》、**「ごめん」**って言《い》って、皇《すめらぎ》くんは追《お》いかけてったんだ。

そんな後《うし》ろ姿《すがた》を見送《みおく》りながら、心《こころ》が鉛《なまり》のように重《おも》くなる。

まゆかちゃんは、どうして怒《おこ》ったんだろう。

怒《おこ》ったんじゃなく、わたしのことをきらいになっちゃった？

だとしても、どうして……？

考《かんが》えれば考《かんが》えるほど、心臓《しんぞう》が縮《ちぢ》み上《あ》がって、呼吸《こきゅう》が浅《あさ》くなる。

「桃瀬《ももせ》さん、大丈夫《だいじょうぶ》？」

心配《しんぱい》そうな声《こえ》にハッとして、黄野《きの》さんがここにいることを思《おも》い出《だ》した。

すごく気《き》まずくて、思《おも》わずギュッと両方《りょうほう》の手《て》をにぎり込《こ》むと。

──『どんなことがあっても、大丈夫《だいじょうぶ》』

皇《すめらぎ》くんの声《こえ》が、頭《あたま》の中《なか》でひびいたんだ。

だっ、大丈夫《だいじょうぶ》、大丈夫《だいじょうぶ》……。

なんとか深呼吸《しんこきゅう》をして、気《き》を持《も》ち直《なお》して口《くち》を開《ひら》いた。

「あっ、あの、ごめんなさい。黄野《きの》さんは通《とお》りかかっただけなのに、こんな空気《くうき》の悪《わる》い状況《じょうきょう》に巻《ま》き込《こ》んでしまって」

するとね、黄野《きの》さんは口《くち》のはしを優《やさ》しく引《ひ》き上《あ》げて、こう言《い》ったんだ。

「桃瀬《ももせ》さんは、本当《ほんとう》に優《やさ》しいよね」

「……えっ？」

「こないだ、ネコを助《たす》けようとしてた時《とき》も思《おも》った

けど」

あ、あれは、結局《けっきょく》わたしはなにもしてないし……。

「今《いま》だって、**自分《じぶん》が悲《かな》しい思《おも》いをしてるのに、人《ひと》に気《き》をつかえるところとか**」

ちっ、違《ちが》う。そんなことない。

それがちゃんとできてたなら、きっとまゆかちゃんとも、こんな風《ふう》にはならなかったはず。

奥歯《おくば》をギュッとかみ締《し》めて、マシンガンのようにあふれ出《で》てきそうな気持《きも》ちを、必死《ひっし》に押《お》しとどめていると——。

「入学《にゅうがく》してすぐの頃《ころ》に、通学路《つうがくろ》で鳥《とり》が車《くるま》にひかれて、横《よこ》たわってたのを見《み》たんだ」

入学《にゅうがく》してすぐ？　車《くるま》にひかれた鳥《とり》？

「ぼくは遠《とお》くから見《み》てたんだ。だから最初《さいしょ》は気《き》づかなくて、なんだろうって思《おも》ってた。だってみんな、地面《じめん》を見《み》ないようにして、さけて通《とお》ってたから」

それって……もしかして。

「ぼくがその場《ば》にたどり着《つ》く前《まえ》にさ、**挙動不審《きょどうふしん》でオロオロした女《おんな》の子《こ》が現《あらわ》れたんだ**」

「ああ、あの時《とき》、み、見《み》てたんですか？」

「うん。離《はな》れてたから、桃瀬《ももせ》さんは気《き》づいてなかったと思《おも》うけど」

全然気《ぜんぜんき》づいていませんでした。

「周《まわ》りを見回《みまわ》した後《あと》に、自分《じぶん》のお弁当《べんとう》をつつんでたハンカチで、その鳥《とり》を持《も》ちあげて、近《ちか》くの公《こう》園《えん》に埋《う》めてた」

話《はなし》を聞《き》いてるうちに、あの時《とき》の光景《こうけい》が目《め》の前《まえ》に広《ひろ》がる。

黄野《きの》さんの言《い》う女《おんな》の子《こ》は間違《まちが》いなく、この学校《がっこう》に入学《にゅうがく》したてのわたしだ。

「ぼくは、あの時《とき》の桃瀬《ももせ》さんが、純粋《じゅんすい》にすごいって思《おも》ったんだ」

「い、いえ、そんな大《たい》したことでは、ないかと……」

「大《たい》したことだったよ。桃瀬《ももせ》さん以外《いがい》に誰《だれ》も、あの鳥《とり》をどうにかしようなんて考《かんが》えてなかったんだから」

聞《き》き慣《な》れない言葉《ことば》の数々《かずかず》に、顔《かお》がほてってくる。

それを知《し》られまいと、思《おも》わずうつむいた。

……って、ちょっと待《ま》って。

「あの、ということは、黄野《きの》さんはその時《とき》からわたしのことを、知《し》ってたんですか？」

「うん」

迷《まよ》いのないはっきりとした声《こえ》で言《い》って、黄野《きの》さんはうなずいた。

「あれからずっと気《き》になってた。でも桃瀬《ももせ》さんって、人《ひと》に話《はな》しかけられるのが苦手《にがて》そうに見《み》えたから、今《いま》まで声《こえ》をかけられなかったんだ」

「そっ、そうだったん、ですね」

そっか。そんなに前《まえ》から、黄野《きの》さんはわたしを知《し》ってくれていた。

当時《とうじ》のわたしは、同《おな》じ学校《がっこう》に通《かよ》いながら、目《め》も耳《みみ》もふさいだような状態《じょうたい》で過《す》ごしてたから、気《き》づかなかったんだ。

「わたし、人《ひと》と接《せっ》するのがすごく怖《こわ》かったんです。その、緊張《きんちょう》したり、こうふんしたりすると、マシンガンみたいに一方的《いっぽうてき》に話《はな》しちゃうクセがあるし……」

それが的《まと》を射《い》た話《はなし》だったらいいけど、わたしの場合《ばあい》はそうじゃない。

というかわたし、ダイヤさまの前《まえ》でなんて情《なさ》けない話《はなし》をしてるんだろう。

こういうところも、やっぱりわたしはモブキャラだと思《おも》う。

「そんな風《ふう》に話《はな》すことの、なにがいけないの？」

透明感《とうめいかん》すら感《かん》じさせる澄《す》んだ声《こえ》が、まっすぐわたしに届《とど》く。

黄野《きの》さんの言葉《ことば》にはじかれるようにして、わたしは目《め》を見開《みひら》いた。

「ぼくは、そんな桃瀬《ももせ》さんもいいと思《おも》ったよ」

「へっ、変《へん》な会話《かいわ》をしたり、ズレたことを言《い》ったりするのにですか？」

「それでもぼくは、桃瀬《ももせ》さんと話《はな》せて楽《たの》しかった」

こないだ黄野《きの》さんの話《はなし》をさえぎって、マシンガントークしちゃったよね？

それを知《し》ってて、いいとか、楽《たの》しかったとか、言《い》えるの？

「逆《ぎゃく》にさ、なんでみんな、自分《じぶん》を変《か》えようとするんだろう。なんでそのままを、周《まわ》りが受《う》け入《い》れられないんだろうね」

まさに今《いま》、わたしは自分《じぶん》を変《か》えようとしている途中《とちゅう》。

だからこそ黄野《きの》さんのこの言葉《ことば》は、わたしの胸《むね》の奥《おく》に、グッと突《つ》きささった。

「もちろん受《う》け入《い》れるっていうのは、言葉《ことば》で言《い》うほど簡単《かんたん》なことじゃないと思《おも》う」

受《う》け入《い》れてもらうという選択肢《せんたくし》を、わたしは考《かんが》えたこともなかった。

そして、そんな風《ふう》に考《かんが》えるひとがいることも、想像《そうぞう》すらつかなかった。

思《おも》わずわたしは、黄野《きの》さんの目《め》を真正面《ましょうめん》から見《み》つめてしまった。

「でも、**その人《ひと》が変《か》わることだって簡単《かんたん》なことじゃない**のにね……」

目《め》は口《くち》ほどにものを言《い》う。

そんなことわざがあるように、黄野《きの》さんの瞳《ひとみ》からは、言《い》った言葉《ことば》以上《いじょう》の真剣《しんけん》さが伝《つた》わってくる。

……**本気《ほんき》で、そう思《おも》ってるんだ？**

黄野《きの》さんは、優《やさ》しい。

会話《かいわ》がまともにできない。人見知《ひとみし》りで、普段《ふだん》は目《め》も合《あ》わせられない。

そんなわたしを受《う》け入《い》れるような、言葉《ことば》をくれる。

そしてそれを本気《ほんき》で、言《い》ってくれてる。

……それなのに。

口《くち》の中《なか》に苦《にが》いものが広《ひろ》がって、手《て》のひらにジワリと汗《あせ》がにじんだ。

「あっ、あの！」

——すごく居心地《いごこち》が悪《わる》い。

「わたし、用事《ようじ》があるので、ここで失礼《しつれい》しますっ！」

勢《いきお》いよく頭《あたま》を下《さ》げて、顔《かお》を上《あ》げると同時《どうじ》にかけ出《だ》した。

「えっ、**桃瀬《ももせ》さん？**」

心配《しんぱい》そうな声《こえ》で呼《よ》ばれたけど、わたしはふり向《む》かない。

こんな立《た》ち去《さ》り方《かた》……失礼《しつれい》だよね？

皇《すめらぎ》くんにレクチャーを受《う》ける前《まえ》のわたしだったら、黄野《きの》さんの言葉《ことば》は救《すく》いのように感《かん》じたと思《おも》う。
だけど今《いま》のわたしは、素直《すなお》に受《う》け入《い》れられなかった。
……変《か》わろうと頑張《がんば》ってるわたしは、意味《いみ》のないことをしてるのかな？
上《あ》がった息《いき》を整《ととの》えながら、走《はし》る速度《そくど》をゆるめる。
すると、目《め》に飛《と》び込《こ》んできたのは小《ちい》さな公園《こうえん》。
すべり台《だい》に小《ちい》さな砂場《すなば》、そしてブランコがある。
真《ま》っ直《す》ぐ家《いえ》に帰《かえ》る気《き》にもなれなくて、思《おも》わず公園《こうえん》の中《なか》へと足《あし》をふみ入《い》れた。
ブランコに座《すわ》って、ゆらゆらと揺《ゆ》れながら、空《そら》を見上《みあ》げる。
ふわふわと浮《う》かぶ雲《くも》が、ツインテールみたいな形《かたち》をしてる。
それを見《み》てると、まゆかちゃんの複雑《ふくざつ》そうな表情《ひょうじょう》が頭《あたま》をよぎったんだ。
「……どうしよう」
友《とも》だちが欲《ほ》しい。誰《だれ》かと一緒《いっしょ》にいたい。
そう思《おも》う一方《いっぽう》で、人《ひと》とぶつかったりするのがすごく怖《こわ》い。
こんなことなら、ひとりで安全《あんぜん》に、小《ちい》さな世界《せかい》の中《なか》にいた方《ほう》がいいんじゃ……？
そんな風《ふう》に思《おも》いはじめていた時《とき》だった。

「**桃瀬《ももせ》、見《み》つけたっ！**」

公園《こうえん》の入《い》り口《ぐち》で、ひざに手《て》をついて息《いき》を整《ととの》えてる男《おとこ》の子《こ》。

どんな時《とき》でも、キラキラとしたかがやきを放《はな》ってる――皇《すめらぎ》くん。

えっ？　あれ？

「まっ、まゆかちゃんは……？」

「無事《ぶじ》に家《いえ》に帰《かえ》ったから、安心《あんしん》して」

ちゃんと送《おく》り届《とど》けてくれたんだ。

そう思《おも》ったら、少《すこ》しホッとした。

ううん、ホッとしたのは、別《べつ》の意味《いみ》かも。

なぜか皇《すめらぎ》くんの声《こえ》を聞《き》いて、姿《すがた》を見《み》ただけで、すごく安心《あんしん》したから。

さっきまで冷《ひ》え切《き》っていたわたしの胸《むね》の奥《おく》に、少《すこ》しずつ熱《ねつ》が戻《もど》ってくる。

「ってか桃瀬《ももせ》、なんでメッセージ返《かえ》してくんないの？」

皇《すめらぎ》くんがポケットからとり出《だ》したのは、スマホ。

「電話《でんわ》したかったけどさ、前《まえ》に桃瀬《ももせ》が電話《でんわ》は苦手《にがて》だって言《い》ってたからメッセージを送《おく》ったのに」

実《じつ》は、そうなんだ。

いくら相手《あいて》が皇《すめらぎ》くんだとしても、電話《でんわ》に出《で》るのってすごくためらってしまう。

電話《でんわ》のコール音《おん》が、死《し》へのカウントダウンに思《おも》えるくらい、怖《こわ》い。

「ごっ、ごめん。スマホは電源《でんげん》を切《き》ったまま、カバンの中《なか》に入《い》れっぱなしでした」

あわててそれを取《と》り出《だ》そうと、カバンを探《さぐ》る。

そんなわたしの姿《すがた》を見《み》て、皇《すめらぎ》くんは特大《とくだい》のため息《いき》をつきながら、その場《ば》にしゃがみ込《こ》んだ。

「次《つぎ》からは、学校《がっこう》が終《お》わったら電源《でんげん》入《い》れてよ。**緊急事態《きんきゅうじたい》の時《とき》**に困《こま》るでしょ」

「緊急事態《きんきゅうじたい》……？」

「そう、今《いま》みたいに」

スッと立《た》ち上《あ》がって、「ちょっと待《ま》ってて」と言《い》って、ふたたびどこかへ行《い》ってしまった。

だけどすぐにペットボトルの炭酸《たんさん》ジュースをふたつ持《も》って、戻《もど》ってきたんだ。

「はい、ひとつは桃瀬《ももせ》の分《ぶん》ね」

「あっ、ありがとう。あの、お金《かね》……！」

カバンの中《なか》からおサイフを取《と》り出《だ》そうとするわたしに、皇《すめらぎ》くんは首《くび》をふる。

「お金《かね》はいいよ。それ、おわびのしるしだから」

そう言《い》って、皇《すめらぎ》くんはわたしの隣《となり》のブランコに、座《すわ》った。

「ごめんな。まゆかのやつ、ちょっと難《むずか》しいところがあってさ」

今度《こんど》はわたしが首《くび》をふる番《ばん》だ。

「まゆかちゃん、なにか言《い》ってた……？」

ドクドクって心臓《しんぞう》がうなる。

「いや、**なに聞《き》いてもだんまりだった**」

その言葉《ことば》に、淡《あわ》く期待《きたい》していた気持《きも》ちが、一気《いっき》にしずんだ。

「あの、気《き》まずい思《おも》いをさせて、ごめんね」

ふたりがケンカしてるわけじゃないのに、兄妹間《きょうだいかん》の空気《くうき》を悪《わる》くしちゃった。

「全然《ぜんぜん》。こんなのしょっちゅうだから。**それよりおれは、桃瀬《ももせ》の方《ほう》が心配《しんぱい》だったよ」**

困《こま》ったように、小《ちい》さく笑《わら》った皇《すめらぎ》くん。

「まゆかが家《いえ》に帰《かえ》るのを見届《みとど》けてから、さっきの場所《ばしょ》に戻《もど》ったらさ、桃瀬《ももせ》はもういないじゃん？

そしたら黄野《きの》と会《あ》って、桃瀬《ももせ》がかけてったって話《はなし》を聞《き》いて、近《ちか》くを捜《さが》してたんだ」

さっきまでの心臓《しんぞう》の苦《くる》しさが、ほぐれていく。

わたしの気持《きも》ちは上《あ》がったり下《さ》がったり、まるでこのブランコのように、不安定《ふあんてい》だ。

「おれはまゆかの兄貴《あにき》だけど、桃瀬《ももせ》の彼氏《かれし》でもあるから。桃瀬《ももせ》がヘコんでんのわかってるのに、ほっとけるわけないしね」

そんなの、ただのごっこ遊《あそ》びの彼氏《かれし》なのに。

「それにおれ、約束《やくそく》したでしょ。**桃瀬《ももせ》のピンチにはかけつけるって」**

ジュエルの戦士《せんし》はアニメのヒーロー。

ヒーローのピンチには、ダイヤさまのような、別《べつ》のヒーローが現《あらわ》れる。

わたしはすみっこ族《ぞく》のモブキャラ。

本当《ほんとう》だったら、ヒーローなんて現《あらわ》れないのが普通《ふつう》だ。

それなのに、**光《ひかり》の戦士《せんし》――皇《すめらぎ》くんは心配《しんぱい》して、約束《やくそく》を守《まも》ってかけつけてくれた。**

だから皇《すめらぎ》くんは、すごいんだ。

そんな風《ふう》に思《おも》っていたわたしの眉《まゆ》と眉《まゆ》の間《あいだ》に、皇《すめらぎ》くんの人差《ひとさ》し指《ゆび》がコツンとぶつかった。

「ねえ、教《おし》えてよ。**まゆかとのことで繰《く》り広《ひろ》げた『脳内《のうない》トーク』の内容《ないよう》をさ**」

目元《めもと》をゆるめて、ほんのり笑《わら》う皇《すめらぎ》くん。

「おれは桃瀬《ももせ》がへこんでるってわかるよ。でも、どんなふうにへこんでるのか、なにを考《かんが》えてるのかまではわかんないから。それがピンチな状況《じょうきょう》なんだったら、一緒《いっしょ》に乗《の》り越《こ》えさせてよ」

一緒《いっしょ》に、乗《の》り越《こ》える？

「なんで……？」

「なんでって、**桃瀬《ももせ》はおれの彼女《かのじょ》じゃん**」

「ニッ、ニセモノなのに？」

「本物《ほんもの》もニセモノも関係《かんけい》なくない？　おれは桃瀬《ももせ》を選《えら》んで、桃瀬《ももせ》もおれと一緒《いっしょ》にいることを決《き》めたでしょ。だったら**おれらは運命共同体《うんめいきょうどうたい》**じゃん。助《たす》け合《あ》うのは普通《ふつう》じゃない？」

だから皇《すめらぎ》くんは、ヒーローなんだ。

そんな言葉《ことば》を簡単《かんたん》に言《い》ってくれる。

キラキラしたかがやきとともに、手《て》を差《さ》し伸《の》べてくれる。

「じゃあ桃瀬《ももせ》は？　おれがピンチで、もしおれを助《たす》けることができるかもって場面《ばめん》で、桃瀬《ももせ》は放《ほう》っておける？」

皇《すめらぎ》くんは不満《ふまん》げに、くちびるをとがらせた。

「……放《ほう》っておかない。**頑張《がんば》って、助《たす》けます**」

できるかわからなくても、わたしは助《たす》ける方法《ほうほう》を探《さが》すと思《おも》う。

たとえわたしは、ヒーローじゃなくても。

皇《すめらぎ》くんのピンチには、かけつけたい。

「そっか。ならよかった」

わたしの言葉《ことば》を聞《き》いた皇《すめらぎ》くんは、うれしそうにそう言《い》って笑《わら》ってくれたんだ。

10 ネガティブをポジティブに

皇《すめらぎ》くんは荷物《にもつ》をブランコのすぐそばに置《お》いた。

「遊具《ゆうぐ》で遊《あそ》ぶのなんて、久《ひさ》しぶりだな」

そう言《い》いながら、ブランコを立《た》ちこぎしてる。

そんな彼《かれ》を横目《よこめ》に、さっき受《う》け取《と》ったジュースのフタをひねって、開《あ》けた。

すると――ブシャシャシャアアッ！

「あわわわわっ――――!!」

ペットボトルの飲《の》み口《くち》から、噴水《ふんすい》のようにジュースが吹《ふ》き出《だ》しちゃった！

「げっ！　桃瀬《ももせ》っ、**それふったの!?**」

「ふっ、ふってません～っ！」

制服《せいふく》がジュースで、びちょびちょになってしまいました……。

ひとまずハンカチをポケットから取《と》り出《だ》して、ぬれた部分《ぶぶん》をぬぐう。

制服《せいふく》のベストを着《き》てたから、それを脱《ぬ》げばトップはいいとして、問題《もんだい》はスカートだ。

ライトグレーのスカートには、シミが……。

「ちょっと待《ま》って」

皇《すめらぎ》くんがブランコから飛《と》び降《お》りて、カバンの中《なか》から、タオルと一緒《いっしょ》に取《と》り出《だ》したのは、水《みず》の入《はい》ったペットボトル。

それでタオルを濡《ぬ》らしたかと思《おも》ったら。

「はいこれ、使《つか》って。ジュースだし、ちゃんと拭《ふ》かないとベタつくだろ？」

「あっ、ありがとう」

さらにカバンのそばに置《お》いていた、皇《すめらぎ》くんのジュース。

そのキャップを慎重《しんちょう》に開《あ》ける。

「……確《たし》かにこれ、吹《ふ》き出《だ》すかもな」

キャップをゆっくりひねるたびに、中《なか》の炭酸《たんさん》がシュワシュワとおどる。

――シュー……プシュッ！

なんて音《おと》を立《た》ててフタを開《あ》け切《き》った後《あと》、それを再《ふたた》び閉《し》めて、わたしに差《さ》し出《だ》した。

「ん。桃瀬《ももせ》のジュース、おれのと交換《こうかん》な」

「えっ、なんで？　わっ、罠《わな》かなにかですか……？」

思《おも》わず本音《ほんね》が飛《と》び出《だ》すと、皇《すめらぎ》くんはスーッと目《め》をすぼめた。

「**なんの罠《わな》だよ。**桃瀬《ももせ》のジュース、一滴《いってき》も飲《の》んでないのに半分《はんぶん》も残《のこ》ってないじゃん。だから替《か》えてあげようっていう親切心《しんせつしん》でしょ」

「でっ、でも、それを言《い》うなら皇《すめらぎ》くんだって、まだ飲《の》んでないでしょ……？」

「おれはいいよ。だって桃瀬《ももせ》はおれの彼女《かのじょ》だし」

まぶしいほどのかがやきを受《う》けながら、皇《すめらぎ》くんは歯《は》を見《み》せて笑《わら》う。

「そそそ、それとこれとは、どう関係《かんけい》があるの!?」

さけび声《ごえ》を必死《ひっし》にとどめてたのに、この後《あと》の皇《すめらぎ》くんの不可解《ふかかい》な行動《こうどう》によって、崩壊《ほうかい》しました。

「**ぎょへえええ!!**　ななな、なんで急《きゅう》にシャツを脱《ぬ》ぐのですか!?」

同時《どうじ》にわたしは、思《おも》わず両手《りょうて》で目《め》を隠《かく》す。

「こらこら、落《お》ち着《つ》け。下《した》にT《ティー》シャツを着《き》てるってば」

そっと指《ゆび》の間《あいだ》からのぞき見《み》してみる。

確《たし》かに……2枚重《まいがさ》ねだ。

思《おも》わず、ドキドキしてしまいました。

「それ、腰《こし》に巻《ま》いていいから。そしたらシミ、気《き》にならないでしょ」

再《ふたた》びブランコをつかみ、今度《こんど》はそこに座《すわ》った皇《すめらぎ》くん。

「ちょっとは、元気出《げんきで》た？」

シャツをひざの上《うえ》に置《お》いて、さっき交換《こうかん》したジュースをひと口《くち》飲《の》んだ時《とき》だった。

「どう？　『脳内《のうない》トーク』の内容《ないよう》、少《すこ》しは話《はな》したくなった？」

無理《むり》にとは言《い》わないけど。って言《い》いながら、皇《すめらぎ》くんはブランコをゆるくこいだ。

キラキラ族《ぞく》の王《おう》は、やることなすことがスマートです。

そうやって皇《すめらぎ》くんは、わたしの気持《きも》ちが落《お》ち着《つ》くのを待《ま》っててくれたんだ。

そんな彼《かれ》に応《こた》えるように、わたしは一度深呼吸《どしんこきゅう》をしてから、口《くち》を開《ひら》いた。

「わっ、わたしは今《いま》まで、人《ひと》とちゃんと向《む》き合《あ》ってこなかったから、友《とも》だちがいなかったんだなって痛感《つうかん》したんです」

皇《すめらぎ》くんにレクチャーを受《う》ける前《まえ》も、わたしなりに頑張《がんば》ったんだ。

だけど失敗《しっぱい》するのが怖《こわ》くて、変《か》わってる子《こ》って言《い》われるのが悲《かな》しくて。

気《き》づけば自分《じぶん》の苦手《にがて》なことや、人《ひと》と向《む》き合《あ》うことをさけるようになった。

「**まゆかちゃんと友《とも》だちになれて、すごくうれしかったし、楽《たの》しかった。**それなのに……」

――『真魚《まお》ちゃんとは、良《い》いお友《とも》だちになれたと思《おも》ってたのに』

あんな言葉《ことば》を言《い》わせてしまった。

わたしは少《すこ》しずつレベルアップしてるって思《おも》ってた。

でも、違《ちが》ったみたい。

「結局《けっきょく》わたしは、人《ひと》を不快《ふかい》にさせたり、人《ひと》の心《こころ》がわからなくて……そしたらね、**また人《ひと》と接《せっ》するのが怖《こわ》いって思《おも》っちゃった……**」

全《すべ》ての門《もん》をふさいで、誰《だれ》とも関《かか》わらないように。

わたしがいてもいなくても、気《き》づかれなかったあの時《とき》に戻《もど》れば――そう思《おも》いはじめていた時《とき》だった。

「桃瀬《ももせ》、ちょっと見《み》てよ！」

呼《よ》ばれて、下《さ》がっていた顔《かお》を上《あ》げる。

すると皇《すめらぎ》くんは再《ふたた》びブランコの上《うえ》に立《た》って、大《おお》きくこぎ始《はじ》めた。

「ブランコって、大《おお》きく揺《ゆ》らすとより前《まえ》に進《すす》むけど、同時《どうじ》に後《うし》ろにも大《おお》きく下《さ》がるだろ？」

ギッ、ギッ、と繋《つな》ぎ目《め》部分《ぶぶん》が、悲鳴《ひめい》をあげてるような音《おと》を鳴《な》らす。

「それと同《おな》じでさ、**前《まえ》に進《すす》むには、時《とき》には後《うし》ろに下《さ》がる必要《ひつよう》もあるんじゃない？**」

前《まえ》に進《すす》むには……後《うし》ろにも？

「こないだの体育《たいいく》で、幅跳《はばと》びしたじゃん？　あれもさ、助走《じょそう》なしだと大《たい》した距離《きょり》が跳《と》べない。でも少《すこ》し後《うし》ろに下《さ》がって、助走《じょそう》をつけたら——**もっと跳《と》べる！**」

大《おお》きく揺《ゆ》れるブランコが高《たか》い位置《いち》にまで到達《とうたつ》するタイミング。

皇《すめらぎ》くんはそのまま、ジャンプしてブランコから飛《と》び降《お》りた。

風《かぜ》に舞《ま》う羽根《はね》のように飛《と》ぶ彼《かれ》の背中《せなか》を、わたしはまばたきを忘《わす》れて見入《みい》ってしまう。

まばゆい太陽《たいよう》の光《ひかり》を受《う》けて、キラキラとかがやくなにかを放《はな》つ、その背中《せなか》。

その光景《こうけい》にドキドキして、目《め》が離《はな》せない。

「桃瀬《ももせ》は今《いま》、前《まえ》に進《すす》むために大《おお》きくブランコを

こぎ出《だ》したばかりじゃん。わからないことも、失敗《しっぱい》することもたくさんあるし、あるのが当然《とうぜん》だろ」

「でもわたしは、失敗《しっぱい》はしたくないって思《おも》っちゃう……」

思《おも》わず本音《ほんね》をこぼすと、顔《かお》だけふり向《む》いた皇《すめらぎ》くんが大《おお》きく口《くち》を開《あ》けて笑《わら》った。

「ははっ、そりゃそうだ」

……光《ひかり》の戦士《せんし》は、いつだって眩《まぶ》しい。

光《ひかり》に愛《あい》されて、彼《かれ》の周《まわ》りがかがやいてるから。

厚《あつ》い雲《くも》が太陽《たいよう》を隠《かく》して、空《そら》がくもっていても、皇《すめらぎ》くんはなぜだか今《いま》もキラキラして見《み》える。

「……すっ、皇《すめらぎ》くんも？」

「誰《だれ》だってそう思《おも》ってるけど、しちゃうのが失敗《しっぱい》じゃん？」

魔法《まほう》だって使《つか》えちゃいそうな、キラキラ族《ぞく》のトップに君臨《くんりん》する彼《かれ》は、カンペキな男《おとこ》の子《こ》。

それなのに、失敗《しっぱい》なんてするの？

「もう忘《わす》れたのかよ。おれが桃瀬《ももせ》に恋愛《れんあい》ごっこしようって言《い》い出《だ》した理由《りゆう》」

それは、歴代《れきだい》つき合《あ》った彼女《かのじょ》に告白《こくはく》されても、いつもふられちゃうから。

「うまくいかなくて、失敗《しっぱい》ばっか繰《く》り返《かえ》してさ。これ以上同《いじょうおな》じことを繰《く》り返《かえ》さないためにも、おれは桃瀬《ももせ》とこの関係《かんけい》をはじめたんじゃん」

――そうだった。

皇《すめらぎ》くんは何度《なんど》も失敗《しっぱい》して、落《お》ち込《こ》んで、今《いま》もその時《とき》のキズを負《お》ってる。

「ごっ、ごめんなさい」

それを知《し》ってたのに、失礼《しつれい》なことを言《い》ってしまった。

「ってかさ、桃瀬《ももせ》の好《す》きなジュエルの戦士《せんし》もさ、失敗《しっぱい》するでしょ？　それによってピンチな状況《じょうきょう》になることだってあるでしょ」

それは、ある。

むしろひんぱんに起《お》こる。

思《おも》わずわたしが首《くび》を縦《たて》にふったら、皇《すめらぎ》くんはまた口《くち》を開《あ》けて笑《わら》った。

「だったら同《おな》じじゃん。ヒーローだって魔法《まほう》が使《つか》える戦士《せんし》だって、失敗《しっぱい》してんじゃん。そもそもジュエルの戦士《せんし》もさ、失敗《しっぱい》したくてしてると思《おも》う？」

「お、思《おも》わない……」

「失敗《しっぱい》しないようにしても、してしまう。だったらさ、仕方《しかた》なくない？」

仕方《しかた》ない……けど、そう思《おも》いきれない自分《じぶん》がいる。

ああ、わたしはどこまでいっても、後《うし》ろ向《む》き。

皇《すめらぎ》くんはいつだって前《まえ》を向《む》いてるのに、わたしはそんな彼《かれ》に背《せ》を向《む》けて立《た》ってる。

そんな風《ふう》に思《おも》うと、やっぱり情《なさ》けないなって思《おも》っちゃう。

「でもさ、**桃瀬《ももせ》が失敗《しっぱい》した時《とき》は、おれがいるじゃん**」

数歩離《すうほはな》れたところに立《た》っていた皇《すめらぎ》くんが、わたしに向《む》かって歩《ある》き出《だ》す。

「話《はな》してくれたら、おれ、力《ちから》になれるようにめちゃくちゃ考《かんが》えるよ」

で、でも……。

「あっ今《いま》、〝でも〟って思《おも》ったでしょ？」

あわてて両手《りょうて》で、口《くち》をおおう。

知《し》らず知《し》らずに口《くち》に出《だ》してしまったのかと思《おも》ったんだけど、違《ちが》ったみたい。

「当《あ》たりだった？」

皇《すめらぎ》くんの予測《よそく》というか、かんさつ眼《がん》はやっぱりすごいですね！

「よし！　ここで、皇碧葉《すめらぎあおば》くんのお昼《ひる》のレクチャー番外編《ばんがいへん》、パート2《ツー》！」

2《ツー》のところで、ピースサインをわたしに向《む》けながら、皇《すめらぎ》くんがこう言《い》った。

「桃瀬《ももせ》が一番考《いちばんかんが》えがちな、**ネガティブワード**ってなに？」

ええっ、急《きゅう》に言《い》われても……。

「あらためて言《い》われたら、なかなか思《おも》いつかないか。ならさ、桃瀬《ももせ》はよく〝わたしみたいなすみっこ族《ぞく》のことを、心配《しんぱい》してくれて～〟みたいなことを言《い》うよな？」

い、言《い》うかな？　いや、言《い》うかも……。

「それになぞらえて、そうだな」

ふむっ、とあごをつかんで皇《すめらぎ》くんは考《かんが》え込《こ》んでる。

「わたしみたいなコケに――」

「ひっ、ひどい……皇《すめらぎ》くんはわたしのことを、コケだと思《おも》っていたのですね……」

「**思《おも》ってねーわ。**桃瀬《ももせ》が前《まえ》に、自分《じぶん》で言《い》ってたでしょ。その言葉《ことば》を利用《りよう》しただけだし！」

「あっ、な、なるほど……」

皇《すめらぎ》くんはコホンとノドを鳴《な》らして、再《ふたた》び話《はなし》を続《つづ》けた。

「わたしみたいなコケに、まゆかちゃんと仲直《なかなお》りなんてできるわけない」

ぎゃひっ！　面《めん》と向《む》かってそんな風《ふう》に言《い》われると、ツライ!!

「言《い》っとくけど、おれの言葉《ことば》じゃないぞ。桃瀬《ももせ》が思《おも》ってそうって話《はなし》だからな」

「わ、わかってます。**そしてその想像《そうぞう》は、当《あ》たってます……！**」

さすがは人《ひと》の心《こころ》を読《よ》む読心術者《どくしんじゅつしゃ》、皇《すめらぎ》くん!!

「もしも、たとえで言《い》ったみたいなネガティブワードが『脳内《のうない》トーク』で出《で》てきたら……」

「出《で》て、きたら……?」

「その後《あと》になーんて思《おも》ってました、今《いま》まではっ！　って言葉《ことば》をつけ足《た》すこと」

「……へっ?」

思《おも》わず目《め》をぱちくりと、何度《なんど》もまたたいてしまう。

「この言葉《ことば》を最後《さいご》につけ足《た》すだけで、ネガティブワードがポジティブワードに変《か》わる！」

「かっ、形上《かたちじょう》はなるけど……」

「形《かたち》だけじゃなくて、本当《ほんとう》にそうなる！　気分《きぶん》も上《あ》がるから、おれは部活《ぶかつ》の時《とき》にそうしてる」

皇《すめらぎ》くんが実践《じっせん》してるの!?

「サッカーやバスケの時《とき》、ここでシュートを決《き》めなかったら、チームが負《ま》けるってシーンでさ
……おれは、ちゃんと決《き》められるのか？　とか思《おも》っちゃうわけ」

「ひっ！　その状況《じょうきょう》を想像《そうぞう》しただけで、わたしは心《こころ》が折《お》れました!!」

折《お》れるどころか、心《こころ》が複雑骨折《ふくざつこっせつ》レベルです！

皇《すめらぎ》くんはわたしの言葉《ことば》に笑《わら》った後《あと》、再《ふたた》びブランコに腰《こし》を下《お》ろした。

「でもさ、おれもその後《あと》すぐに、なーんて思《おも》ってました、今《いま》までは！　って言葉《ことば》を心《こころ》の中《なか》で唱《とな》えるんだ。すると、気持《きも》ちが楽《らく》になって、良《い》いプレーができるようになる」

「それ、本当《ほんとう》に？」

「言《い》ったでしょ、マインドを整《ととの》えるって。自分《じぶん》のマインドをコントロールしてるのは、自分《じぶん》。自《じ》分《ぶん》が発《はっ》してる『脳内《のうない》トーク』だよ」

自分《じぶん》で、自分《じぶん》をコントロールする……？

「急《きゅう》に言《い》われても難《むずか》しいだろうから……そうだ、ちょっとそのピンバッジ、貸《か》してくれない？」

「えっ、これ？　い、いいけど……」

なにするの？　と疑問《ぎもん》に思《おも》いながら、言《い》われた通《とお》り皇《すめらぎ》くんに手渡《てわた》す。

――すると。

「ググッ！」

なんてうなりながら、ピンバッジを両手《りょうて》の中《なか》に包《つつ》み込《こ》んだ！

「な、なにしてるの!?」

最後《さいご》には「ヤー！」なんて言《い》いながら、バッジを空《そら》にかざす。

するとタイミングよく、雲《くも》に覆《おお》われていた太陽《たいよう》が顔《かお》を出《だ》した。

その光《ひかり》を受《う》けて、ピンク色《いろ》をしたそれが、キラリと光《ひかり》を放《はな》ったんだ。

「よし！　**これでこのバッジには、おれの魔法《まほう》が宿《やど》った**」

「まっ、魔法《まほう》？　皇《すめらぎ》くんの？　光《ひかり》の戦士《せんし》の？」

そうしてわたしの手《て》の中《なか》に戻《もど》ってきた、ジュエルのピンバッジ。

なんだかさっきまでとは、違《ちが》って見《み》える。

「桃瀬《ももせ》がへこんだり、へこたれた時《とき》にさ、〝でも〜〟とか〝わたしには〜〟とか『脳内《のうない》トーク』でネガティブワードが出《で》てきたら、このピンバッジに触《ふ》れてみて」

「そ、そしたら、どうなるの……？」

「**さっきのポジティブワードが、桃瀬《ももせ》の脳内《のうない》に飛《と》び出《だ》す**」

「……本当《ほんとう》に？」

思《おも》わず疑《うたが》いの目《め》を皇《すめらぎ》くんに向《む》けてしまう。

「おれが魔法使《まほうつか》えるって信《しん》じてるんだろ？　**だったらそれも信《しん》じてよ**」

わたしは再《ふたた》び、バッジに視線《しせん》を落《お》とす。

薄《うす》ピンク色《いろ》をした、ジュエルのバッジ。

……うん、信《しん》じる。

皇《すめらぎ》くんの魔法《まほう》を。皇《すめらぎ》くんを。

わたしは、信《しん》じる。

「桃瀬《ももせ》が元気《げんき》を取《と》り戻《もど》したところで、さっさと帰《かえ》るか」

立《た》ち上《あ》がった皇《すめらぎ》くんは、わたしに手《て》を差《さ》し出《だ》した。

「今日《きょう》は悪《わる》かったな。ひとまずまゆかのことは、おれに任《まか》せてよ」

わたしは彼《かれ》の手《て》を取《と》って、立《た》ち上《あ》がる。

同時《どうじ》に、もう片方《かたほう》の手《て》の中《なか》にあるジュエルのバッジを、強《つよ》く握《にぎ》りしめた。

「あのっ、そのことなんだけど」

まゆかちゃんが怒《おこ》った理由《りゆう》を知《し》るのは、まだ怖《こわ》い。

「もっ、もう一度《いちど》だけ……」

ふみ込《こ》むのって、勇気《ゆうき》がいる。

「その、たった一度《ど》だけでも、いいんですが……」

でも今《いま》のわたしには、魔法《まほう》がある。

「わたしがまゆかちゃんと会《あ》って、話《はなし》をすることはできないかな？」

味方《みかた》だっている。だから――。

「**新《あたら》しいお友《とも》だちを、こっ、このまま、失《うしな》いたくないんです**」

手《て》の中《なか》のバッジの感触《かんしょく》。

それが、わたしの背中《せなか》を押《お》してくれる。

一瞬《いっしゅん》おどろいたように目《め》を見開《みひら》いた皇《すめらぎ》くん。

だけどすぐに、表情《ひょうじょう》をやわらかくくずした。

「**……わかった。おれも力《ちから》を貸《か》すよ**」

いつになく優《やさ》しい声《こえ》で、わたしの頭《あたま》をポンポンとなでてくれる。

そんな優《やさ》しさが、わたしの胸《むね》を小《ちい》さく震《ふる》えさせて、瞳《ひとみ》の奥《おく》がギュッと熱《あつ》くなる。

ちょっぴり涙《なみだ》が出《で》ちゃったけど、ちょうど皇《すめらぎ》くんがそっぽを向《む》いてくれたんだ。

そのスキに、ジュエルのバッジと一緒《いっしょ》ににぎっていた皇《すめらぎ》くんのシャツでそれを拭《ぬぐ》う。

おかげで皇《すめらぎ》くんに借《か》りたシャツが、ジュースと涙《なみだ》でぬれてしまった。

碧葉《あおば》の コミュニケーション講座《こうざ》

聞《き》き上手《じょうず》になろう！

桃瀬《ももせ》はさ、話《はな》すのがニガテなら、
まずは聞《き》き上手《じょうず》になればいいんじゃない？

なっ、なるほど。でも、うまく聞《き》き役《やく》になれるかな……？

カンタンだよ。人《ひと》が話《はな》し出《だ》したらさえぎらないとか、
相手《あいて》の話《はなし》をちゃんと聞《き》くとか。

あのっ、わたしは気《き》をぬくと、
ただ無言《むごん》をつらぬいてしまうんだけど、
その場合《ばあい》はどうしたら……？
（その後《あと》すぐに、今度《こんど》は無言《むごん》が怖《こわ》くなり、
ドドドッて話《はな》しちゃうんだけど……っ！）

その場合《ばあい》は――ウインク♡であいづちをうつ！

にゃひぃ！　それは新手《あらて》の目《め》つぶしですかっ!?

全然《ぜんぜん》ちげーわ!!

聞《き》き上手《じょうず》になるには、

① 人《ひと》が話《はな》し出《だ》したら、
途中《とちゅう》でさえぎらないこと

② 相手《あいて》の話《はなし》はまじめに聞《き》こう

③ ときどき「うん」とか「そうなんだ」とか、
あいづちを入《い》れるといいかも

この3つ、みんなはできるかな？
……ちなみにウインクのあいづちは、
おれと桃瀬専用《ももせせんよう》だからマネしないでね☆

11 コミュニケーションって…

「あれ、桃瀬《ももせ》さんじゃん……って、**なんで戻《もど》る!?**」

トイレのトビラを開《あ》けたら、鏡《かがみ》の前《まえ》に白石《しらいし》さんが。

個室《こしつ》から出《で》てきたばかりなのに、思《おも》わず中《なか》に戻《もど》ってしまった。

「ご、ごめんなさい。つい、**クセ**で……」

「**クセ?**　って、別《べつ》にいいけど。ってかここ、桃瀬《ももせ》さんのクラスから遠《とお》くない？」

「あっ、うん。ここだと落《お》ち着《つ》くから」

「……落《お》ち着《つ》く？　ああ、あっちの校舎《こうしゃ》にあるトイレって、いつも混《こ》んでるもんね」

ぼっち出身《しゅっしん》の人間《にんげん》からすると、トイレは勇気《ゆうき》がいる場所《ばしょ》。

なるべく誰《だれ》とも顔《かお》を合《あ》わせたくないので、人《ひと》の少《すく》ない時間《じかん》や場所《ばしょ》をねらってしまう。

なぜならば、トイレはキラキラ族《ぞく》がたまりやすいから。

鏡《かがみ》があって、水《みず》もある。

オシャレに気《き》をつかうキラキラ族《ぞく》のコミュニティは、いつだってトイレで始《はじ》まり、トイレで終《お》わる。

「し、白石《しらいし》さんこそ、C組《ぐみ》から離《はな》れてるのにどうして？」

「あたしはこの後《あと》、ここの近《ちか》くの被服室《ひふくしつ》で授業《じゅぎょう》があるからね」

なっ、なるほど……。

わたしは手《て》を洗《あら》いながら、ひたすら視線《しせん》は流《なが》れ出《で》る水道水《すいどうすい》に向《む》ける。

シ————ン。

今《いま》この空間内《くうかんない》を擬音《ぎおん》で表《あらわ》すなら、それだと思《おも》う。

むっ、無言《むごん》だ。気《き》まずい。

チラリと視線《しせん》を白石《しらいし》さんに向《む》けてみると、彼女《かのじょ》は水《みず》をつけて前髪《まえがみ》を一生懸命《いっしょうけんめいうご》動かしてる。

無言《むごん》、気《き》にならないのかな？

キラキラ族《ぞく》は、無言《むごん》に強《つよ》い。

ううん。すみっこ族《ぞく》がゲキ弱《よわ》なだけかも。

こんな時《とき》こそ、皇《すめらぎ》くんのレクチャーを思《おも》い出《だ》すんだ！

わたしが前《まえ》に、なにを話《はな》せばいいのかわからない、でも無言《むごん》も怖《こわ》い。

そう言《い》ったら、皇《すめらぎ》くんがこう答《こた》えてくれたんだ。

自分《じぶん》と相手《あいて》の共通点《きょうつうてん》をさがす

自分《じぶん》も相手《あいて》も知《し》ってる、共通《きょうつう》の話題《わだい》を話《はな》せばいいんだって。

でも、キラキラ族《ぞく》の白石《しらいし》さんと共通点《きょうつうてん》なんて……。

そう思《おも》ったシュンカン、頭《あたま》によぎったのは――。

「そっ、そういえば、鈴川《すずかわ》さんは？」

わたしと白石《しらいし》さんの共通点《きょうつうてん》、というか共通《きょうつう》の人物《じんぶつ》！

いつもはニコイチでいるのに、一緒《いっしょ》じゃないの？

そう思《おも》って口《くち》にしたんだけど。

「ここにいるよ～」

声《こえ》が聞《き》こえたと同時《どうじ》に、個室《こしつ》トイレから水《みず》がジャーッと流《なが》れる音《おと》が。

その後《あと》すぐにトビラが開《あ》いて、鈴川《すずかわ》さんが出《で》てきた。

「す、鈴川《すずかわ》さん、いたんだ！」

「えー、いちゃダメだった？」

「ままま、まさか！　お会《あ》いできてうれしいですっ！」

「……いちいち、大《おお》げさなんだから」

ボソリとつぶやいた白石《しらいし》さんの言葉《ことば》に、ひょえっ！

「すっ、すみません！」

言《い》いながら、思《おも》わず頭《あたま》を下《さ》げた。

「その行動《こうどう》も大《おお》げさなんだってば。別《べつ》に謝《あやま》らなくてもいいから」

「謝《あやま》っちゃうよねぇ。梨乃《りの》ちゃん怖《こわ》いもんね～」

「かわいい、の間違《まちが》いでしょ」

わたしの右隣《みぎどなり》には白石《しらいし》さん。

左隣《ひだりどなり》が鈴川《すずかわ》さん。

キラキラ族《ぞく》のサンドイッチ（中身《なかみ》はすみっこ族《ぞく》）が出来上《できあ》がりました！

言葉《ことば》を強調《きょうちょう》しながら鈴川《すずかわ》さんをにらむ白石《しらいし》さんは、かわいいけど、やっぱり怖《こわ》いです!!

「梨乃《りの》ちゃんってば、そういうとこ、小学校《しょうがっこう》から変《か》わってなーい。だから女《おんな》の子《こ》の友《とも》だちできないんだよ」

ぎゃっ！　皇《すめらぎ》くんの時《とき》もだったけど、本人《ほんにん》に向《む》かってそんなことを言《い》うの!?

「そういう翠《みどり》だって、あたしがいなかったらいつもひとりじゃん！」

ぴぎゃっ！　白石《しらいし》さんも、攻撃的《こうげきてき》な言葉《ことば》を!?

これは、ケンカ!?

でもこの間《あいだ》は、ケンカしてるようで仲直《なかなお》りしてた！

だから**これもケンカじゃないのかも!?**

……キラキラ族《ぞく》の会話《かいわ》、理解《りかい》するのが難《むずか》しいですっ!!

「あたしは別《べつ》にひとりでいいよー。ひとりで教室移動《きょうしついどう》して、トイレ行《い》って、ご飯《はん》食《た》べても気《き》にしな～い」

「ええっ！」

メンタル、鉄筋《てっきん》コンクリートですか？

鈴川《すずかわ》さんってゆるーい性格《せいかく》なのに、中身《なかみ》が強《つよ》すぎる……！

「桃瀬《ももせ》っちはそうじゃないの？」

「わっ、わたしは……」

ひとりは楽《らく》でいいけど、ひとりでいたいわけでもない。

あっけらかんとした態度《たいど》で、わたしがいやだと思《おも》うことを平気《へいき》だと言《い》える鈴川《すずかわ》さんに、このことを伝《つた》えるのはなんだか恥《は》ずかしい。

そう思《おも》って思《おも》わず、口《くち》を閉《と》じちゃったら、

「いや、普通《ふつう》にいやでしょ。あたしは誰《だれ》かと一緒《いっしょ》にいたいんだけど」

わたしの心《こころ》の声《こえ》を読《よ》んだかのように、白石《しらいし》さんがそう言《い》った。

「えー？　その割《わり》に梨乃《りの》ちゃんは、男《おとこ》の子《こ》以外《いがい》に好《す》かれないでしょ？　あたしがいなかったらひとりじゃーん」

「うるさいな。たいていの女子《じょし》とあたしは相性《あいしょう》が悪《わる》くて、すぐケンカになるんだって」

「すっ、すごい……**かっこいい……**」

思《おも》わず言葉《ことば》にしてしまったら、白石《しらいし》さんのかわいいお顔《かお》が、ぐにゃりとゆがんだ。

その顔《かお》を見《み》て、わたしの心臓《しんぞう》がヒュッと縮《ちぢ》む。

「……かっこいいって、どこが？」

「すっ、すみません！　なんだか、せっ、戦闘民族《せんとうみんぞく》のように、勇敢《ゆうかん》に聞《き》こえたからっ！」

ケンカなんてわたしにとっては、一生《いっしょう》さけて通《とお》りたい出来事《できごと》。

それなのに、平然《へいぜん》と言《い》ってのける白石《しらいし》さんの横顔《よこがお》が、勇者《ゆうしゃ》に見《み》えた。

そう思《おも》って言《い》ったのに、白石《しらいし》さんの大《おお》きな瞳《ひとみ》がカッと見開《みひら》かれた。

「なにそれ！　あたしのこと、ケンカっ早《ぱや》くて血《ち》の気《け》が多《おお》いって言《い》いたいの？」

「ちち、違《ちが》う！　**ほっ、ほめ言葉《ことば》だよっ！**」

「あはっ！　桃瀬《ももせ》っち、それはほめてないかも～」

えええええっ！　**全力《ぜんりょく》、前《まえ》のめりでほめたんですけどっ!!**

「え、だって、わたしだったら、なにがなんでも、ケンカはしたくないです……その、傷《きず》つけられるのが、いやで……特《とく》に、メンタル的《てき》なところの……」

ボソボソと、自分《じぶん》でも声《こえ》が小《ちい》さくなっていくのがわかる。

だけどトイレの中《なか》は声《こえ》がよく響《ひび》くからか、白石《しらいし》さんはきちんと聞《き》き取《と》ってくれた。

「いや、**あたしだって傷《きず》つくのはいやなんだけど？**」

……へっ？

おどろいて、思《おも》わず高速《こうそく》まばたきをひろうしてしまう。

「なによその顔《かお》は。ドM《エム》でもあるまいし、**傷《きず》つきたくないって思《おも》うのが普通《ふつう》じゃん**」

「でっ、でも……だったら、なんでケンカするの？」

「真理《しんり》だねぇ。桃瀬《ももせ》っちの言《い》う通《とお》り。なんでするの～？」

「いや、**その時《とき》の状況《じょうきょう》にもよるじゃん？**　ただ、一方的《いっぽうてき》に敵意《てきい》を向《む》けられたら、追《お》っかけてってでもケンカするよね？」

ひぃええええ！

「しっ、しませんっ!!」

追《お》いかけてってケンカするなんて、やっぱり戦闘民族《せんとうみんぞく》ではっ!?

でも、ケンカっ早《ぱや》いキラキラ族《ぞく》……なんかかっこいい！

思《おも》わずキラキラとしたまなざしを向《む》けちゃう。

「梨乃《りの》ちゃんってば、やっぱり怖《こわ》～い」

「だーかーらー！　あたしは怖《こわ》いんじゃなくて、かわいいのっ！」

鈴川《すずかわ》さんの言葉《ことば》を一蹴《いっしゅう》しつつ、再《ふたた》び鏡《かがみ》と向《む》き合《あ》う白石《しらいし》さん。

「これでも、**傷《きず》つくのがいやなのと同《おな》じくらい、人《ひと》を傷《きず》つけたくないとも思《おも》ってるんだから**」

指先《ゆびさき》に水《みず》をつけて、今度《こんど》はえりあしから落《お》ちてくる髪《かみ》と格闘《かくとう》してる。

「わ、わたしは、そもそも争《あらそ》いごとが苦手《にがて》で、逃《に》げてしまうので……かっ、かっこ悪《わる》いですよね……」

「いや、逃《に》げながら次《つぎ》の手《て》を考《かんが》えるのが戦略《せんりゃく》なんだよ。どこのどいつが逃《に》げちゃダメなんて言《い》ったの？　歴史上《れきしじょう》の武将《ぶしょう》だって、逃《に》げて態勢《たいせい》を整《ととの》えて、また挑《いど》むじゃん」

い、勇《いさ》ましい……なんだか白石《しらいし》さんが、戦国武将《せんごくぶしょう》に見《み》えてきました。

「梨乃《りの》ちゃんのセリフは全部《ぜんぶ》、ケンカ腰《ごし》だよねぇ。**さすがは戦闘民族《せんとうみんぞく》〜**」

「翠《みどり》、今《いま》のはいやみで言《い》ったよね？」

白石《しらいし》さんは鈴川《すずかわ》さんを鏡《かがみ》ごしにニランだ。

再《ふたた》び空気《くうき》がピリピリし始《はじ》めたのを感《かん》じて、わたしはあわてて割《わ》って入《はい》る。

「ああ、あの！　じゃあ、ケンカして仲直《なかなお》りしたいってなった場合《ばあい》、そっ、その後《あと》は？　**ちゃんと元《もと》の関係《かんけい》に戻《もど》れるの……？**」

仲直《なかなお》りしたら、自動的《じどうてき》に前《まえ》の関係《かんけい》に戻《もど》るものなのかな？

ふたりの間《あいだ》には、ケンカしたって経験《けいけん》があるのに？

わだかまりなく元通《もとどお》りに、戻《もど》れるもの？

誰《だれ》かとぶつかったことがないわたしは、仲直《なかなお》りもしたことがない。

ケンカをした先《さき》のことは、わたしにとって未知《みち》の世界《せかい》。

そう思《おも》って聞《き》いたんだけど……。

「戻《もど》れないよ、元《もと》の関係《かんけい》になんて」

すごくあっさりと、否定《ひてい》されてしまった。

そんな白石《しらいし》さんの言葉《ことば》に、わたしは息《いき》が止《と》まるかと思《おも》った。

「じゃ、じゃあ……**ふたりは？**」

ケンカをよくしてるのに？

なんだかんだと言《い》っても、いつも一緒《いっしょ》で、仲《なか》が良《よ》さそうなのに？

それも全部《ぜんぶ》、わたしのカン違《ちが》い？

「全《まった》く同《おな》じかって言《い》われたら、違《ちが》うと思《おも》う。だってあたしは、**仲直《なかなお》りしたとしても、翠《みどり》に言《い》われたことや、傷《きず》ついた言葉《ことば》を覚《おぼ》えてるから**」

「あたしはあんまり覚《おぼ》えてないけど〜」

「翠《みどり》はそうかもしれないけどね、こっちは覚《おぼ》えてんの！　って、**ああもう、まとまんない！**」

後《おく》れ毛《げ》と格闘《かくとう》していた白石《しらいし》さんは、おだんごに結《むす》んでたリボンを勢《いきお》いよくほどいた。

パサリとおちた髪《かみ》が、普段《ふだん》の白石《しらいし》さんのイメージを変《か》える。

「この髪《かみ》と一緒《いっしょ》！　**一度《いちど》ほどけたら、さっきと同《おな》じようにはなんないの！**　ってか、同《おな》じにとかさせないけどっ！」

さけぶようにそう言《い》って、再《ふたた》び髪《かみ》をアップに。

いつものように頭《あたま》の高《たか》いところでおだんごをつくって、それを器用《きよう》にリボンで結《むす》ぶ。

「どう！　カンペキでしょ!?」

さっきはパラパラと、たくさん後《おく》れ毛《げ》が落《お》ちてた首元《くびもと》。

今《いま》はそこがスッキリしてる。

「これと同《おな》じようにさ、**ケンカしてぐちゃぐちゃになったら、結《むす》びなおせばいいんだって**」

結《むす》び、なおす？　関係《かんけい》を？

「元《もと》のようには戻《もど》らないかもしれないけど、**もっとよくなることだってあるじゃん**」

「そ、そうなの？」

「じゃなきゃ意味《いみ》なくない!?　**なんのために仲直《なかなお》りするの？**」

なんのために……？

「関係《かんけい》を修復《しゅうふく》するだけ？　それでもいいよ。でもあたしなら、同《おな》じことではケンカしないようにしたいし、どうせだったら**前《まえ》より良《い》い関係《かんけい》になるために、仲直《なかなお》りしたい**と思《おも》うけど」

ケンカしたら、仲直《なかなお》りしなくちゃ。

元《もと》の関係《かんけい》に戻《もど》さなくちゃ。

そんなことばかり考《かんが》えて、前《まえ》より良《い》い関係《かんけい》に……なんて、できると思《おも》ってなかった。

「それにあたしは、傷《きず》ついたことだけじゃなくて傷《きず》つけたことも忘《わす》れない……まぁ、翠《みどり》みたいに人《ひと》によるかもだけど」

「えー、ってことはあたしだけ損《そん》してるね。あたしは忘《わす》れてるのに、梨乃《りの》ちゃんはずっと怒《おこ》ってるんだもんねぇ」

「どこがよ！　翠《みどり》はどっちの言葉《ことば》も忘《わす》れてるんだからプラマイゼロでしょ！　それにさ、その忘《わす》れっぽさのせいで――」

途中《とちゅう》までそう言《い》って、白石《しらいし》さんはため息《いき》をひとつ、ついた。

「まぁ、翠《みどり》はそれでいいよ。**代《か》わりにあたしがちゃんと覚《おぼ》えてるから。自分《じぶん》で言《い》ったひどいことは、もう言《い》わないようにあたしが気《き》をつけるから**」

ふんって鼻息荒《はないきあら》く、そう言《い》った白石《しらいし》さん。

めちゃくちゃかっこいい。

「さすがは戦闘民族《せんとうみんぞく》ー、戦《たたか》い慣《な》れてるねぇ」

「みーどーりぃいいい！　今《いま》ここであたしと戦闘《せんとう》をはじめたいの!?」

そんなふたりの間《あいだ》にはさまれながら、わたしは白石《しらいし》さんの言葉《ことば》をかみくだく。

「……じゃあ、仲直《なかなお》りしても、前《まえ》より関係《かんけい》が悪《わる》くなっちゃった場合《ばあい》は？」

白石《しらいし》さんの話《はなし》だったら、そういうパターンもあり得《え》るよね？

って、前《まえ》より状況《じょうきょう》が悪《わる》いのなら、それは仲直《なかなお》りって言《い》えない？

たとえば表面上《ひょうめんじょう》は仲良《なかよ》くしてても、やっぱり距離《きょり》を感《かん》じちゃう、とか？

……だったらそれは、仲直《なかなお》りをする意味《いみ》があるのかな？

「小学校《しょうがっこう》の頃《ころ》にさ、苦手《にがて》な授業《じゅぎょう》の小《しょう》テストがあったんだ。良《い》い点数《てんすう》が取《と》れなそうだったから、学《がっ》校《こう》をズル休《やす》みしてテストは受《う》けなかったんだけど、後《あと》でそれがバレて先生《せんせい》に言《い》われたの」

白石《しらいし》さんは真《ま》っ直《す》ぐわたしに向《む》き合《あ》った。

「たとえ点数《てんすう》が低《ひく》くても、良《い》いんだよ。**挑《いど》もうとすることに意味《いみ》があって、そのために努力《どりょく》する過程《かてい》が大事《だいじ》だからって**」

鏡《かがみ》ごしじゃなく、わたしの顔《かお》を正面《しょうめん》から見《み》つめて。

「さすがに0点《てん》だったらヤバいけどさ。ただ、テストを受《う》けなかったら、そもそも点数《てんすう》すらもらえない。**結果《けっか》をもらう権利《けんり》すらないんだよ**」

ふわふわとした、かわいらしい見《み》た目《め》の白石《しらいし》さん。

そんな白石《しらいし》さんが見《み》せる、力強《ちからづよ》いまなざしから、視線《しせん》を外《はず》せない。

「話《はなし》聞《き》いてて思《おも》ったんだけど……**桃瀬《ももせ》さんは、誰《だれ》かと仲直《なかなお》りしたいの？**」

目《め》を見《み》るのが苦手《にがて》なわたしすら、取《と》り込《こ》む力強《ちからづよ》さがそこにはあった。

だからわたしは、素直《すなお》にうなずいた。

「……うん。したい、です」

「ちなみに、それって……碧葉《あおば》じゃないよね？」

「っち、違《ちが》いますっ!!」

あわてて両手《りょうて》をブンブンってふっちゃう。

「だったら、挑《いど》むしかないよ。結果《けっか》はいつだって、その先《さき》にしかないんだから」

挑《いど》まないと結果《けっか》は得《え》られない。本当《ほんとう》にその通《とお》りだと思《おも》う。

……だけど、挑《いど》んだ結果《けっか》が白石《しらいし》さんと鈴川《すずかわ》さんのように、なるとは限《かぎ》らない。

すみっこ族《ぞく》のわたしは、いつもネガティブに目《め》を向《む》けてしまう。

いつだって不安《ふあん》と恐怖《きょうふ》に立《た》ち向《む》かう、勇気《ゆうき》が足《た》りない。

そんな時《とき》、思《おも》わず下《さ》がった視線《しせん》の先《さき》に飛《と》び込《こ》んできたのは——キラリと光《ひか》る、ジュエルのピンバッジだった。

するとわたしの頭《あたま》の中《なか》に、皇《すめらぎ》くんの顔《かお》が浮《う》かんだんだ。

「……なーんて思《おも》ってました、今《いま》までは」

──『大丈夫《だいじょうぶ》、できる。桃瀬《ももせ》はなんだって、できる』

そうだ。わたしには、皇《すめらぎ》くんがくれたパワーがあった。

グッと力強《ちからづよ》く顔《かお》を上《あ》げると、鈴川《すずかわ》さんがわたしの手《て》を取《と》った。

「じゃあさぁ、**失敗《しっぱい》してへこんだらあたし、桃瀬《ももせ》っちにネイルしてあげる〜。**あたしは落《お》ち込《こ》んでも、**ネイルし直《なお》したら復活《ふっかつ》する**んだよね〜」

「あんたはそうでしょうね」

あきれ顔《がお》の白石《しらいし》さん。

だけどわたしは、鈴川《すずかわ》さんの手《て》をギュッとにぎり返《かえ》して、こう言《い》ったんだ。

「うっ、うれしい！　ネイルして欲《ほ》しいですっ！」

ネイルなんて、やったことないけど！

「うん、いいよ〜」

上手《うま》くいかない場合《ばあい》を想像《そうぞう》すると、怖《こわ》いしへこんじゃう。

でも、**落《お》ち込《こ》んだら助《たす》けてくれる友《とも》だちがいる。**

友《とも》だちって、すごいね。

わたしに足《た》りないものをくれるから。

「あの、わたし、教室《きょうしつ》に戻《もど》るね。話《はなし》を聞《き》いてくれて、ありがとう」

そう言《い》って、トイレの出入《でい》り口《ぐち》に向《む》かって歩《ある》き出《だ》す。

ちょうどわたしが、トイレのトビラに手《て》をかけた時《とき》。

「桃瀬《ももせ》さん、頑張《がんば》って」

声《こえ》に引《ひ》かれて後《うし》ろをふり返《かえ》る。

わたしに向《む》かって手《て》をふってる鈴川《すずかわ》さん。

それから鏡《かがみ》に向《む》かって、再《ふたた》び前髪《まえがみ》をいじってる白石《しらいし》さん。

白石《しらいし》さんのほおは、ほんのりピンクに色《いろ》づいてる。

すると鈴川《すずかわ》さんが「梨乃《りの》ちゃんがテレてる〜」って、つっこんだ。

ふたりはまた、ケンカみたいな言《い》い争《あらそ》いを始《はじ》めたんだ。

そんなふたりを見届《みとど》けて、わたしはしっかり前《まえ》を向《む》いてトイレを後《あと》にした。

12 キラキラ族《ぞく》の悩《なや》み

今日《きょう》の授業《じゅぎょう》は5限目《げんめ》まで。

終業《しゅうぎょう》のチャイムを聞《き》きながら、荷物《にもつ》を手早《てばや》くまとめる。

隣《となり》の席《せき》の皇《すめらぎ》くんは、すでに立《た》ち上《あ》がって、帰《かえ》る準備《じゅんび》が万全《ばんぜん》だ。

「桃瀬《ももせ》、**準備《じゅんび》はいい？**」

そんな彼《かれ》にコクリとうなずいてみせると、ニッと笑《わら》ってこう言《い》った。

「**じゃあ、行《い》くか。**まゆかの小学校《しょうがっこう》に」

そう。今《いま》からわたしたちは、**まゆかちゃんに会《あ》いに学校《がっこう》に向《む》かう。**

本当《ほんとう》はね、別《べつ》の方法《ほうほう》で会《あ》って話《はなし》をしようと思《おも》ってたんだけど、その話題《わだい》を皇《すめらぎ》くんが出《だ》すと、
まゆかちゃんは無言《むごん》で部屋《へや》に閉《と》じこもっちゃうらしい。

それを聞《き》いて、まゆかちゃんの小学校《しょうがっこう》に行《い》ってもいいか、皇《すめらぎ》くんに相談《そうだん》したんだ。

……さけてる人《ひと》が自分《じぶん》に会《あ》いに来《く》るって、怖《こわ》いかな？

自分《じぶん》の気持《きも》ちをおしつけて怖《こわ》がらせたくはなかったから、皇《すめらぎ》くんに確認《かくにん》したんだけど『桃瀬《ももせ》なら大丈夫《だいじょうぶ》だよ。おれも小学校《しょうがっこう》までつき合《あ》うし』って言《い》ってくれたんだ。

それを聞《き》いた時《とき》、少《すこ》しホッとした。

「先《さき》に謝《あやま》っとくけどさ、まゆかが話《はな》したくないって言《い》ったら、ごめんな」

「そっ、それは理解《りかい》してるよ！　なので、気《き》にしないでっ！」

これだけさけられてるんだから、会《あ》いに行《い》ったところで無視《むし》される可能性《かのうせい》もある。

……だ、だけど、**このままにはしたくない。**

「人《ひと》にはさ、相性《あいしょう》ってもんがあるでしょ？　合《あ》わない人《ひと》だっているし、ケンカしたり仲違《なかたが》いしたりもする」

相性《あいしょう》……わたしとまゆかちゃんは、どうなんだろう？

そう思《おも》いながら、前《まえ》を真《ま》っ直《す》ぐ見《み》つめて歩《ある》く皇《すめらぎ》くんの横顔《よこがお》に、目《め》を向《む》けた。

「でもそれは仕方《しかた》ないんだよ。**みんなそれぞれ違《ちが》う人間《にんげん》なんだから。自分《じぶん》とは違《ちが》う人間《にんげん》を、完全《かんぜん》に理解《りかい》なんてできないしさ**」

ぬるい風《かぜ》が、わたしのほおをたたくように、なでた。

「じゃ、じゃあ……わたしがしようとしてることって、無意味《むいみ》、なのかな？」

皇《すめらぎ》くんは、**「まさか！」**って言《い》いながら、ハジかれたようにわたしを見《み》た。

「理解《りかい》する努力《どりょく》をしなかったら、その人《ひと》が自分《じぶん》と合《あ》うか合《あ》わないかなんて判断《はんだん》できないじゃん」

両手《りょうて》を組《く》んで、グッと前《まえ》に突《つ》き出《だ》し、伸《の》びをしながらさらに言《い》った。

「おれが言《い》いたいのはさ、悲《かな》しいけどこの先《さき》、**桃瀬《ももせ》とは本当《ほんとう》に合《あ》わなくて、努力《どりょく》したけどわかり合《あ》えない人《ひと》が現《あらわ》れるかもしれない**」

伸《の》びた後《あと》、皇《すめらぎ》くんはわたしに向《む》けて優《やさ》しく笑《わら》う。

「だけど桃瀬《ももせ》とまゆかは、大丈夫《だいじょうぶ》だと思《おも》うよ」

生《なま》ぬるい風《かぜ》も、涼《すず》しげな爽《さわ》やかなものに変《か》えてくれるような、そんな笑顔《えがお》だった。

「な、なんでそう思《おも》うの？　光《ひかり》の魔法《まほう》を使《つか》って調《しら》べたの？」

「んなわけねーじゃん。**まゆかのことは、おれが兄貴《あにき》だからわかるんだって**」

わたしはひとりっ子《こ》だから、皇《すめらぎ》くんたちがうらやましい。

「兄妹《きょうだい》ってすごいんだね。わかり合《あ》える感《かん》じが、魔法《まほう》みたい」

「別《べつ》に兄妹《きょうだい》だけじゃないでしょ。**おれ、桃瀬《ももせ》のことだって、わかってるつもりだし**」

予想《よそう》もしてなかったセリフに、思《おも》わずわたしの足《あし》が止《と》まる。

すると皇《すめらぎ》くんも足《あし》を止《と》めて、目《め》をぱちくりとさせながらふり向《む》いた。

「じゃ、じゃあ、わたしは皇《すめらぎ》くんと、相性《あいしょう》がいいのでしょうか？」

「いや、いいでしょ。一緒《いっしょ》にいて楽《たの》しいし。桃瀬《ももせ》は違《ちが》うの？」

光《ひかり》の戦士《せんし》はそう言《い》って、太陽《たいよう》にも負《ま》けないほど、まぶしく笑《わら》った。

……皇《すめらぎ》くんといるとびっくりすることも、とまどうことも多《おお》い。

でも、それをふくめてわたしも、一緒《いっしょ》にいて楽《たの》しいって思《おも》えるんだ。

「あっ、ついた。あれがまゆかの通《かよ》う小学校《しょうがっこう》」

皇《すめらぎ》くんが指《ゆび》さす方向《ほうこう》には、**春咲小学校**《はるさきしょうがっこう》という文字《もじ》が門《もん》に書《か》かれてる。

その門《もん》から出《で》てくる小学生《しょうがくせい》の中《なか》に、まゆかちゃんがいないか見回《みまわ》した。

「まゆかちゃん、もう家《いえ》に帰《かえ》ったなんてこと、ないのかな？」

「ないよ。あいつは今日《きょう》、**見守り係**《みまもりがかり》だって言《い》ってたから、最後《さいご》まで教室《きょうしつ》にいるはず」

「み、見守《みまも》り、係《がかり》？」

なにそれ、聞《き》いたことない。

「ああ、クラスでいろんな係《かかり》を自分《じぶん》たちで考《かんが》えて作《つく》るんだ。**見守《みまも》り係《がかり》は、教室《きょうしつ》の花瓶《かびん》の水《みず》を替《か》えたり、クラスメイトが全員帰《ぜんいんかえ》ったのを確認《かくにん》して、教室《きょうしつ》のカギを閉《し》めたりするん**だって」

皇《すめらぎ》くんとわたしは、違《ちが》う小学校出身《しょうがっこうしゅっしん》。

いろんな事《こと》が異《こと》なって、面白《おもしろ》いなって思《おも》ってたら。

「あっ、まゆかだ」

その言葉《ことば》に、ドキーッて心臓《しんぞう》がジャンプした。

校舎《こうしゃ》を出《で》てかけてくるまゆかちゃんは、トレードマークのツインテールを大《おお》きく揺《ゆ》らしてる。

「イチカちゃーん、みうちゃーん！」

まゆかちゃんの大《おお》きな声《こえ》に、三《み》つ編《あ》みの女《おんな》の子《こ》と、メガネをかけたショートボブの女《おんな》の子《こ》がふり返《かえ》った。

どうやら、わたしたちの姿《すがた》は見《み》えてないみたい。

それをいいことに、わたしは思《おも》わず校門《こうもん》のかげに隠《かく》れてしまった。

「桃瀬《ももせ》……隠《かく》れたら、会《あ》いに来《き》た意味《いみ》ないと思《おも》うけど」

そっ、それはそうなんですけど……体《からだ》が勝手《かって》に！

「お友《とも》だちと一緒《いっしょ》みたいなので、別《わか》れてからにしま――」

全《すべ》てを話《はな》し終《お》える前《まえ》に、わたしの耳《みみ》に飛《と》び込《こ》んできたのは。

「ねぇねぇ。今日《きょう》さ、うちでジュエルごっこしない!?　イチカちゃんは『サファイア』、みうちゃんは『シトリン』役《やく》でっ！」

みんなでジュエルごっこ？

なんてうらやましい言葉《ことば》なのでしょうか!?

「サファイア？　シトリン？」

気《き》づけば皇《すめらぎ》くんも、わたしのそばで身《み》を隠《かく》してる。

「ジュエルの戦士《せんし》は4人《にん》なの。炎《ほのお》の魔導戦士《まどうせんし》の『**ルビー**』、氷《こおり》の『**サファイア**』、風《かぜ》の『**エメラルド**』、そして大地《だいち》の『**シトリン**』」

イチカちゃん、みうちゃんと呼《よ》ばれたふたりは、『サファイア』の青色《あおいろ》の宝石《ほうせき》がついたバッジと、『シトリン』の黄色《きいろ》の宝石《ほうせき》がついたバッジが、胸《むな》もとについてる。

それがふたりの好《す》きなキャラなんだね！

「ジュエルのオタク会話《かいわ》を、学校《がっこう》の敷地内《しきちない》で、しかもお天道様《てんとさま》の下《した》でいつでもできるなんて……**この小学校《しょうがっこう》は最高《さいこう》な場所《ばしょ》ですね！**」

「いや、どこにミリョクを感《かん》じてんだよ」

ジュエルのアニメは、小学《しょうがく》1年生《ねんせい》くらいからじょじょに卒業《そつぎょう》していくみたい。

対象年齢《たいしょうねんれい》がまゆかちゃんたちより低《ひく》いから、もしかしたら貴重《きちょう》なお友《とも》だち同士《どうし》かも。

「ほら、ボクは『ルビー』のバッジを持《も》って来《き》てるんだ！」

そう言《い》って、まゆかちゃんは指にはめてる指輪《ゆびわ》を見《み》せた。

よくよく見《み》てみると、『ルビー』のバッジをリボンにつけて、指輪《ゆびわ》に見立《みた》ててる。

この間《あいだ》は髪《かみ》かざりにしてたし……やっぱりまゆかちゃんはオシャレだ。

「まゆかちゃんって、**よくオシャレな子《こ》たちのグループにいるでしょ。その子《こ》たちとジュエルごっこしたら？**」

ねぇ？　なんて言《い》って、イチカちゃんと呼《よ》ばれた子《こ》は、みうちゃんに同意《どうい》を求《もと》めた。

みうちゃんは、オロオロとした様子《ようす》で、イチカちゃんの言葉《ことば》にうなずいてる。

「うん……**あたしたちじゃなくても、いいと思《おも》う……**」

みうちゃんの声《こえ》は小《ちい》さく、言《い》い方《かた》もすごくひかえめ。

だけどその言葉《ことば》に、まゆかちゃんの表情《ひょうじょう》が一瞬《いっしゅん》で暗《くら》くなる。

「……できないよ。あの子《こ》たちは、ジュエルに興味《きょうみ》がないもん」

まるでセメントで固《かた》めたみたいに、無表情《むひょうじょう》な顔《かお》を見《み》せるまゆかちゃん。

「でもさ、**わたしらってそもそもグループが違《ちが》うじゃん**」

——ズキリ。

わたしが直接《ちょくせつ》言《い》われたわけじゃないのに、思《おも》わず胸《むね》をおさえた。

「グループが違《ちが》ったら、一緒《いっしょ》に遊《あそ》べないの？　同《おな》じものが好《す》きなのに？」

まゆかちゃんの両手《りょうて》が、痛《いた》いほどににぎり込《こ》まれた。

「同《おな》じものが好《す》きでも、わたしらとまゆかちゃんは違《ちが》うもん」

ああ、ダメ。やめて。そんなこと、言《い》わないで。

聞《き》いてるわたしまで息《いき》ができなくなりそうな、そんな会話《かいわ》があそこで繰《く》り広《ひろ》げられている。

「だってそうでしょ。わたしらがジュエルの話《はなし》をしたら、そんな小《ちい》さな子《こ》が見《み》るアニメをまだ見《み》てるのってバカにされるのにさ」

あそこに立《た》って、懸命《けんめい》に話《はなし》を聞《き》いてるまゆかちゃんの様子《ようす》を見《み》てると、数年前《すうねんまえ》の自分《じぶん》の姿《すがた》と重《かさ》なる。

「まゆかちゃんがジュエルの話《はなし》をしたら、なんかオシャレな感《かん》じに見《み》られるし」

周《まわ》りの子《こ》たちと話《はな》が合《あ》わなくて、人見知《ひとみし》りが拍車《はくしゃ》をかけて、よけいに人《ひと》と話《はな》すのが怖《こわ》くなって、テンパって。

「だからまゆかちゃんはまゆかちゃんのグループ内《ない》で、ジュエルで遊《あそ》べる子《こ》を見《み》つけたら良《い》いじゃん」

——気《き》づけばわたしは、孤立《こりつ》していた。

「おれ、まゆかを迎《むか》えに行《い》ってくるよ」

そう言《い》って歩《ある》き出《だ》そうとした皇《すめらぎ》くん。

「ダッダメ！　今《いま》は、行《い》ってはダメです！」

思《おも》わず皇《すめらぎ》くんのシャツをつかんだ。

「でもさ……！」

イチカちゃんの言葉《ことば》に、まゆかちゃんが下《した》くちびるをギュッとかみ締《し》めてる。

その行動《こうどう》は、必死《ひっし》になって涙《なみだ》をこらえてるように見《み》えた。

そんな姿《すがた》を見《み》せられたら、このまま放《ほう》ってなんておけないよね。

でもここで、まゆかちゃんの兄《あに》である皇《すめらぎ》くんが出《で》て行《い》ったらダメだと思《おも》う。

なんとなくだけど……**皇《すめらぎ》くんが迎《むか》えに行《い》ったら、あの3人《にん》の溝《みぞ》が、もっと深《ふか》まりそうな気《き》がするから。**

イチカちゃんとみうちゃんは、たぶんわたしと同《おな》じすみっこ族《ぞく》タイプだ。

だから**わたしには、わかるよ。**

ふたりは**まゆかちゃんを傷《きず》つけようと思《おも》って、ああいうことを言《い》ってるわけじゃないって。**

そのことは彼女《かのじょ》たちの表情《ひょうじょう》と、その話《はな》し方《かた》からわかる。

「だからって、このまま見《み》てるだけなんて……」

……うん。できないよね。

だったら、どうしたら……って思《おも》ったのと同時《どうじ》に、わたしの口《くち》はこんな言葉《ことば》をはき出《だ》した。

「**わ、わたしが代《か》わりに、行《い》ってきます！**」

皇《すめらぎ》くんのシャツを離《はな》したと同時《どうじ》に、わたしはかけ出《だ》した。

13 ジュエルの戦士《せんし》たち

「えっ、**桃瀬《ももせ》!?**」
おどろく声《こえ》が聞《き》こえるけど、わたしだっておどろいてる。
だけど、ここで飛《と》び出《だ》さないわけにはいかなかった。
――『真魚《まお》ちゃんとは、良《い》いお友《とも》だちになれたと思《おも》ってたのに』
わたしも、まゆかちゃんを傷《きず》つけた。
一歩《いっぽ》下《さ》がって、第三者《だいさんしゃ》の目線《めせん》に立《た》って、初《はじ》めてわかった。
どうしてまゆかちゃんが、わたしにあんなことを言《い》ったのか。
わたしと皇《すめらぎ》くんたちは、住《す》む学区《がっく》が違《ちが》う。
それと同《おな》じように、わたしはキラキラ族《ぞく》とすみっこ族《ぞく》を区別《くべつ》して、呼《よ》びわけてた。
そこには**悪意《あくい》も、敵意《てきい》もない。**
だけど、**相手《あいて》の状況《じょうきょう》や気分次第《きぶんしだい》では、そうとらえられかねないんだ。**

わたしが黄野《きの》さんに〝そのままを受《う》け入《い》れる〟って話《はなし》をされた時《とき》みたいに。

前《まえ》までのわたしだったら、すごくうれしく思《おも》えたはずなのに、今《いま》のわたしは少《すこ》しスッキリとしない、複雑《ふくざつ》な気持《きも》ちになった。

――『……結局《けっきょく》、真魚《まお》ちゃんもそんな風《ふう》にボクをはじくんだ』

『キラキラ族《ぞく》はいいな』っていう、わたしのあこがれとうらやましいって意味《いみ》を込《こ》めた言葉《ことば》を、まゆかちゃんはきっと、**カベ**に感《かん》じたんだと思《おも》う。

だからまゆかちゃんもわたしをさけて、カベを作《つく》った。

ここで本物《ほんもの》のヒーローが現《あらわ》れたら、きっとそんなもの、ピョーンとひとっ飛《と》びで乗《の》り越《こ》えちゃうんだ。

もしくはそんなカベ、おれが壊《こわ》してやる！　とか、かっこいい言葉《ことば》を言《い》ってくれる。

……でも、**わたしはヒーローじゃない。**

わたしの持《も》つジュエルのバッジは、本物《ほんもの》じゃない。

だからわたしには、なにもできない……。

「――なーんて思《おも》ってました、今《いま》までは」

カベを越《こ》えられないなら、越《こ》えなくていい。

壊《こわ》せないなら、壊《こわ》さなくていい。

「がっ、がんばれ、桃瀬真魚《ももせまお》！」

わたしなら、カベにそって歩《ある》いて、探《さが》したい。

「がんばれっ！」

向《む》こう側《がわ》につながる出口《でぐち》を、カベの終《お》わりを見《み》つけたい。

「わたしも、なるんだっ！」

友《とも》だちのピンチにはかけつけてあげたい。

勇気《ゆうき》を出《だ》せる人《ひと》でありたい。

「たっ、たとえ、ニセモノだとしても、今《いま》だけは――」

制服《せいふく》につけてるジュエルのピンバッジを外《はず》し、それをにぎり込《こ》んだ。

「――ヒーローになるんだ！」


大丈夫《だいじょうぶ》、できる。わたしはなんだって、できる！

「そっ、そそそそ、そこの、君《きみ》たち！」

3人《にん》の前《まえ》に立《た》つと、心臓《しんぞう》が太鼓《たいこ》のようにドンドンドンッて動《うご》きだす。

吹《ふ》き出《だ》す汗《あせ》と、込《こ》み上《あ》げてくる羞恥心《しゅうちしん》。

「……誰《だれ》？」

イチカちゃんの不審《ふしん》がる声《こえ》に、足《あし》が震《ふる》えそうになる。

「ま、真魚《まお》ちゃん？」

まゆかちゃんもとまどいながら、わたしの名前《なまえ》を呼《よ》んだ。

だけど今《いま》のわたしは、桃瀬真魚《ももせまお》じゃなくて――。

「キラッとラブ！」

ジュエルのバッジを、中指《なかゆび》と人差《ひとさ》し指《ゆび》の先《さき》ではさむ。

そのまま、制服《せいふく》のスカートがふわりとおどるように、クルリと一回転《かいてん》。

「キュンとときめくかがやきを胸《むね》に秘《ひ》めて」

バッジを持《も》つ手《て》を胸《むね》の前《まえ》に当《あ》てて、それから――。

「変身《へんしん》☆」

それを空《そら》へと、かざした！

「愛《あい》の魔導戦士《まどうせんし》『ローズクォーツ』」

後《うし》ろを向《む》きながら、ピンバッジをいそいそと制服《せいふく》のリボンにつけ直《なお》す。

そしてふり返《かえ》って、両手《りょうて》でハートマークを作《つく》った。

同時《どうじ》に、キメのセリフ――。

「愛《ラブ》の魔法《マジック》で、キラリと解決《かいけつ》しちゃうわよっ♪」

シュピーン！　と脳内《のうない》で流《なが》れる音《おと》に合《あ》わせて、ウインクまでしちゃいます！

でもウインクなんてしたことないわたしは、ギュッて両目《りょうめ》をつむってしまいましたが!!

それでもなんとか、キマった……よね？

ポーズや言葉《ことば》を考《かんが》えながら変身《へんしん》したせいで、まゆかちゃんたちの表情《ひょうじょう》を見《み》てなかったんだけど

――みんなぽかーんとした顔《かお》をしてるっ！

特《とく》にイチカちゃんとみうちゃんは、不審者《ふしんしゃ》を見《み》るような目《め》を向《む》けてる!!

同《おな》じすみっこ族《ぞく》で、ジュエルオタクなのに……悲《かな》しい。

って、落《お》ち込《こ》んでる場合《ばあい》じゃない！

「ああ、あの！　みんなも早《はや》く、へっ、変身《へんしん》して！　わ、わたしを助《たす》けてっ！」

――**わたしを助《たす》けて、この無言地獄《むごんじごく》から!!**

わたしの脳《のう》が、せわしなくグルグルと動《うご》き出《だ》す。

「わわっ、わたしは、この小学校《しょうがっこう》の近《ちか》くで、闇《やみ》の組織《そしき》――ダークマターにねらわれた人《ひと》がいるって、報告《ほうこく》を受《う》けたんですっ！　その人《ひと》はすでに心《こころ》のかがやきを黒《くろ》くぬりつぶされちゃってるから、早《はや》く助《たす》けなくちゃ！　このままだと、その人《ひと》の心《こころ》が死《し》んじゃうよっ！」

ダッ、ダメだ。みんなが、引《ひ》いてる。

話《はなし》にリアリティが足《た》りないせい？

だったらもっと、みんなを引《ひ》き込《こ》まなくちゃ！

「ほらみんなも、ジュエルの変身《へんしん》バッジを持《も》ってますよね!? はっ、わたしのバッジがキラン！　って今《いま》、光《ひか》った！　ということは、その人物《じんぶつ》が近《ちか》くにいるはずで――あっ！　**あそこにいました！　心《こころ》のかがやきを失《うしな》った人《ひと》が！**」

わたしはバッジに左手《ひだりて》を当《あ》て、そして右手《みぎて》で校門《こうもん》を指《ゆび》さす。

ことの一部始終《いちぶしじゅう》を見守《みまも》っていた皇《すめらぎ》くんが、**「えっ、おれぇ!?」**なんてさけんでる！

わたしは両手《りょうて》のひらを皇《すめらぎ》くんに向《む》けた。

「ラッ、ラブリーパワー!!」

すると皇《すめらぎ》くんは、苦笑《にがわら》いを浮《う》かべた後《あと》、大《おお》きくため息《いき》をついた。

そして――。

「……ぐっ、ぐわわっ！」

左側《ひだりがわ》のシャツを両手《りょうて》でわしづかみして、ブルブルと体《からだ》をふるわせる。

さすがはキラキラ族《ぞく》の王《おう》で、光《ひかり》の戦士《せんし》！

打《う》ち合《あ》わせもなしで、役《やく》に入《はい》り込《こ》める対応力《たいおうりょく》！　すごい！

「みんなも変身《へんしん》して！　どうか、力《ちから》をかしてくださいっ！　わたしの力《ちから》だけでは、あの人《ひと》の深《ふか》い闇《やみ》は払《はら》いきれませんっ！」

わたしの言葉《ことば》に、皇《すめらぎ》くんがじょじょにあくどい表情《ひょうじょう》を見《み》せて演《えん》じてくれてる、矢先《やさき》だった。

「……あのお姉《ねえ》さん、ヤバくない？」

その言葉《ことば》は、イチカちゃんと呼《よ》ばれる女《おんな》の子《こ》のものだった。

「っていうか、なんか怖《こわ》い」

次《つぎ》は、みうちゃん。

——あっ。

わたしの目《め》の前《まえ》には、テレビ画面《がめん》で見《み》るような、ジュエルの世界《せかい》が広《ひろ》がってる。

だけど、さっきの言葉《ことば》を聞《き》いて、一気《いっき》に現実《げんじつ》に引《ひ》き戻《もど》された。

今《いま》の今《いま》まで光《ひかり》を放《はな》ってた、ジュエルのバッジが、かがやきを失《うしな》う。

わたしが思《おも》い描《えが》いていた、ローズクォーツのコスチュームがとけて消《き》えて、いつもの制服《せいふく》に。

平凡《へいぼん》でモブキャラの桃瀬真魚《ももせまお》に、戻《もど》っていく。

……わたし、なにやってるの？

頭《あたま》が冷静《れいせい》さを取《と》り戻《もど》して、カッと顔《かお》が熱《あつ》くなる。

恥《は》ずかしさが、足元《あしもと》から一気《いっき》に込《こ》み上《あ》げてきて、体《からだ》が震《ふる》える。

その震《ふる》えはやがて、わたしの瞳《ひとみ》を揺《ゆ》らしはじめた。

その時《とき》だった。

「**キラッとファイア。アツいかがやきを胸《むね》に秘《ひ》めて――変身《へーんしん》！**」

まゆかちゃんは、指《ゆび》につけてるジュエルのバッジを空《そら》にかかげた。

「炎《ほのお》の魔導戦士《まどうせんし》『ルビー』！　ボクの炎《ほのお》で、闇《やみ》だって焼《や》き切《き》ってやるよ！」

まゆかちゃんはわたしの隣《となり》までかけてきて、皇《すめらぎ》くんに向《む》けて手《て》をかざす。

「ローズクォーツ！　へこたれるな！　**ボクが来《き》たからもう安心《あんしん》だよ！**」

消《き》えたわたしのコスチューム。

かがやきを失《うしな》ったジュエルのバッジ。

その全《すべ》てが、まゆかちゃんの言葉《ことば》の魔法《まほう》で――色《いろ》あざやかによみがえる。

「ルッ、ルビー！　来《き》てくれてありがとう！」

「当《あ》たり前《まえ》だろ。**ボクらはチームだ！**」

……チームという言葉《ことば》に、思《おも》わず笑《え》みが浮《う》かんでしまう。

今《いま》まで、誰《だれ》にも言《い》われたことがなくて……でも、誰《だれ》かに言《い》ってもらいたかった言葉《ことば》。

うれしいはずなのに、引《ひ》っ込《こ》んだ涙《なみだ》が再《ふたた》び瞳《ひとみ》をにじませる。

それでも今《いま》は……泣《な》いてる場合《ばあい》じゃないよねっ！

「ローズクォーツ、ボクが彼《かれ》を止《と》めるから、そのスキに闇《やみ》をつかまえて！　心《こころ》を解《と》き放《はな》って！」

そう言《い》ってまゆかちゃんは皇《すめらぎ》くんへと走《はし》っていく。

凶暴化《きょうぼうか》した（表情《ひょうじょう》の）皇《すめらぎ》くんは、まゆかちゃんをガッチリつかまえた！

「がははは っ！　お前《まえ》から食《く》ってやるぞー！」

皇《すめらぎ》くん、はくしんの演技《えんぎ》です！

だけどつかまったまゆかちゃんは、皇《すめらぎ》くんの腕《うで》の中《なか》で、

「ダークマターに心《こころ》を乗《の》っ取《と》られても、人《ひと》を食《た》べたりしないから」

なんて、ダメ出《だ》しっ！

困《こま》った様子《ようす》で皇《すめらぎ》くんがほおをポリポリと掻《か》いた。

まゆかちゃんは、再《ふたた》び演技《えんぎ》に入《はい》る。

「ローズクォーツ！　ボクのことはいいから、早《はや》くこの人《ひと》を助《たす》けてあげて！」

ハッとして、わたしは再《ふたた》び役《やく》になりきる。

「ルッ、ルビー！　このままじゃ、わたしのビームがルビーに当《あ》たっちゃう。できないよ！」

腕《うで》を伸《の》ばして、ねらいを定《さだ》めるフリをしながら、わたしはイチカちゃんとみうちゃんに視線《しせん》を向《む》けた。

「ねぇ、助《たす》け――」

そこまで言《い》って、言葉《ことば》はノドの奥《おく》に引《ひ》っ込《こ》んでいったんだ。

――ひゃっと背中《せなか》に、冷《つめ》たい汗《あせ》がしたたり落《お》ちた。

イチカちゃんとみうちゃんは、完全《かんぜん》に冷《さ》めた目《め》でわたしたちを見《み》てた。

「マジであの人《ひと》たち、恥《は》ずかしいよね」

ああ、だめだ。

「あっ、あたしも、無理《むり》……」

そんなイチカちゃんとみうちゃんの言葉《ことば》が、わたしの耳《みみ》に届《とど》いた。

そしてその声《こえ》は、まゆかちゃんの耳《みみ》にも届《とど》いてる。

さっきまで生《い》き生《い》きとした表情《ひょうじょう》を見《み》せてたのに、火《ひ》が消《き》えたように暗《くら》い顔《かお》をしてる。

わっ、わたしのせいだ……。

せっかくまゆかちゃんが、ジュエルになりきってくれたのに。

彼女《かのじょ》たちも同《おな》じジュエル好《ず》きだから、なんだかんだ言《い》っても一緒《いっしょ》に遊《あそ》んでくれるって、勝手《かって》に決《き》めつけて。

そしたら全《すべ》てを丸《まる》くおさめられると思《おも》って。

……結果《けっか》、この状況《じょうきょう》。最悪《さいあく》のシナリオだ。

せめてこの場《ば》は、わたしがどうにかしなくちゃ、って考《かんが》えたタイミングだった。


「**――やめればいい**」


その声《こえ》と言葉《ことば》に、ハッとする。

門《もん》の背後《はいご》からスッと現《あらわ》れたのは、黄野《きの》さんだった。

「**恥《は》じるくらいなら、戦士《せんし》なんてやめてしまえ**」

……ちっ、違《ちが》う。あれは黄野《きの》さんじゃない。

あれは、あのセリフは――**ダイヤさま！**

どうして小学校《しょうがっこう》に？

おどろくわたしより、イチカちゃんとみうちゃんの方《ほう》がビックリしてる。

「待《ま》って、ダイヤじゃん」

「えっ、ほっ、本物《ほんもの》……？」

スタスタとふたりに向《む》かって歩《ある》きながら、ダイヤさまはこう言《い》った。

「そもそも、素質《そしつ》がない」

そして、スッと手《て》を伸《の》ばして。

「戦《たたか》えないのなら、バッジを外《はず》せ。それをつける資格《しかく》などない」

イチカちゃんとみうちゃんの前《まえ》で、立《た》ち止《ど》まった。

年上《としうえ》で、身長差《しんちょうさ》のある男《おとこ》の人《ひと》にすごまれたら、いくら相手《あいて》がダイヤさまでも怖《こわ》いよね？

さっきまで口《くち》ぐちに話《はな》してたのに、今《いま》はもう無言《むごん》だ。

ふたりともバッジをにぎりしめて、うつむいてる。

黄野《きの》さん？　いや、ダイヤさま？

なんでふたりに、そんなことを言《い》うの？

まるでダイヤさまが、悪者《わるもの》みたいに見《み》える。

本当《ほんとう》にバッジを奪《うば》おうとしてるようにも思《おも》えて、あわててかけ出《だ》そうとした。

だけどわたしは、一歩《いっぽ》遅《おく》れてしまったみたい。

「そんなことない！」

皇《すめらぎ》くんにつかまっていたはずのまゆかちゃんは、風《かぜ》のようにふたりのもとへとかけていく。

途中《とちゅう》で、足《あし》がもつれちゃって、ドシャッてころんでしまって。

わたしと皇《すめらぎ》くんが心配《しんぱい》して、かけよろうとしたんだけど、近《ちか》づけなかった。

――まゆかちゃんの、この言葉《ことば》に。

「イチカちゃんも、みうちゃんも、ボクの仲間《なかま》だ！」

再《ふたた》び立《た》ち上《あ》がって、服《ふく》についた砂《すな》をはらって、もう一度《いちど》かけ出《だ》す。

「ふたりは、りっぱな戦士《せんし》だ！」

そして、ダイヤさまの前《まえ》に立《た》って、両手《りょうて》を広《ひろ》げた。

イチカちゃんとみうちゃんは、同《おな》じ背格好《せかっこう》のまゆかちゃんにかばわれる形《かたち》で、彼女《かのじょ》の背中《せなか》を見《み》つめてる。

その瞳《ひとみ》にはおどろきと、本物《ほんもの》のヒーローに向《む》けるあこがれのまなざしがやどってた。

きっとそれは、ふたりだけじゃない。

わたしの目《め》にも、まゆかちゃんはジュエルの戦士《せんし》みたいに映《うつ》ってたから。

「りっぱな戦士《せんし》？　笑《わら》わせる。そうやって震《ふる》えてるだけのヤツらが？」

ダイヤさまは再《ふたた》び、イチカちゃんとみうちゃんに視線《しせん》を向《む》けた。

「ふたりに近《ちか》づく――」

言葉《ことば》を全《すべ》て言《い》い終《お》える前《まえ》に、背後《はいご》にかくれてたイチカちゃんが、まゆかちゃんの肩《かた》をつかんだ。

「……かっ、勝手《かって》なこと言《い》わないでよ……わたしだって……」

おどろく表情《ひょうじょう》を見《み》せるまゆかちゃんの隣《となり》に、イチカちゃんは立《た》った。

「ジュエルの戦士《せんし》で、ルビーの仲間《なかま》だから！」

そう言《い》ったと同時《どうじ》に、胸《むね》につけてたバッジを外《はず》し、ダイヤさまに向《む》けた。

「キラッとアイス。凍《い》てつくかがやきを胸《むね》に秘《ひ》めて――変身《へんしん》」

イチカちゃんは少《すこ》し照《て》れくさそうに、まゆかちゃんに視線《しせん》を向《む》けた。

「氷《こおり》の魔導戦士《まどうせんし》『サファイア』！　あたしの氷《こおり》で、闇《やみ》を凍《こお》らせてあげる！」

イチカちゃんのほおは、赤《あか》くそまってる。

照《て》れながらも、ジュエルに、魔導戦士《まどうせんし》サファイアの役《やく》に、なりきってる。

「サ、サファイア……」

「だっ、だから何度《なんど》も言《い》ったでしょ！　ダイヤはあたしたちの味方《みかた》じゃないって」

さっきまでとがってた目《め》じりには、笑《え》みが浮《う》かんでる。

それがなにより、わたしはうれしかった。

「ねぇシトリン！　あんたも早《はや》く変身《へんしん》して、一緒《いっしょ》に戦《たたか》って！」

交《まじ》わることはないって思《おも》われてた、全《まった》く違《ちが》うグループのキラキラ族《ぞく》とすみっこ族《ぞく》。

……違《ちが》いなんて、なかったね。

あのふたりが、そう証明《しょうめい》してくれてる。

「シトリンってばっ！」

言《い》いながら、背後《はいご》にいるみうちゃんに目《め》を向《む》けると。

「……無理《むり》だよ。恥《は》ずかしいよ」

ちょうどみうちゃんは両手《りょうて》で顔《かお》をおおって、その場《ば》にしゃがみ込《こ》んだんだ。

だけど隠《かく》しきれてない耳《みみ》は、トマトみたいに真《ま》っ赤《か》だ。

「せ、せめて公園《こうえん》に行《い》かない？　あっ、あたしだって……変身《へんしん》して、戦《たたか》いたい……」

イチカちゃんとまゆかちゃんは目《め》を大《おお》きく見開《みひら》いて、顔《かお》を見合《みあ》わせた。

そのままの表情《ひょうじょう》で、今度《こんど》はダイヤさまへと顔《かお》を向《む》ける。

するとその視線《しせん》を受《う》けたダイヤさまは、一度《ど》だけ短《みじか》く息《いき》を吐《は》き出《だ》したと思《おも》ったら。

「……じゃあ、さっさと終《お》わらせよう」

そう言《い》って、フッて目《め》を細《ほそ》めて笑《わら》った。

その笑顔《えがお》に、この場《ば》の時《とき》が止《と》まる。

やばい、その笑顔《えがお》、反則《はんそく》です。

みうちゃんですら、顔《かお》をかくすのも忘《わす》れて、ダイヤさまを見上《みあ》げてる。

わたしたちの時《とき》を止《と》めたダイヤさまは、そのスキにカバンの中《なか》からノートを取《と》り出《だ》して、1枚《まい》ちぎった。

そこにペンでなにかを書《か》いたかと思《おも》ったら、今度《こんど》はくしゃくしゃと丸《まる》めた。

「皇《すめらぎ》」

――シュッ！　と、風《かぜ》を切《き》って、丸《まる》められたノートの切《き》れはしが皇《すめらぎ》くんに飛《と》んでいく。

それを受《う》け取《と》った皇《すめらぎ》くんは、**「なんだよ……？」**なんて言《い》いながら、紙《かみ》を開《ひら》いた。

そしたら急《きゅう》に――。

「ううっ！　ぐああっ!!」

「ええっ！　すっ、皇《すめらぎ》くん!?」

「桃瀬《ももせ》……じゃない、ローズクォーツ……た、助《たす》け……」

わけがわからなくて、わたしは皇《すめらぎ》くんにかけ寄《よ》った。

すると皇《すめらぎ》くんはわたしに寄《よ》りかかるようにして、**倒《たお》れた――フリをした。**

その状態《じょうたい》からさっきの紙《かみ》を丸《まる》めて、再《ふたた》びダイヤさまへと投《な》げ返《かえ》す。

くしゃくしゃにする直前《ちょくぜん》、ほんの少《すこ》し中身《なかみ》が見《み》えたんだけど、そこにはこんな言葉《ことば》が。

闇《やみ》を回収《かいしゅう》する　読《よ》んだら倒《たお》れろ　そしてこれを投《な》げ返《かえ》せ
「今回《こんかい》はおれの勝《か》ちだな」

ダイヤさまは丸《まる》められたノートの切《き》れはしを、みんなに見《み》えるよう空《そら》へとかざす。

「闇《やみ》の力《ちから》はおれがもらった。もうここに用《よう》はない。サラバだ」

なんて言《い》いながら、彼《かれ》は校舎《こうしゃ》に向《む》かってかけてってしまった。

――そうして、世界《せかい》に平和《へいわ》が訪《おとず》れ……た？

シーンと一気《いっき》に静《しず》まり返《かえ》るこの場所《ばしょ》で、イチカちゃんが最初《さいしょ》に口《くち》を開《ひら》いた。

「……さっき、わたしらとは違《ちが》うなんて言《い》って、ごめんね？　まゆかちゃんって、見《み》た目《め》や性格《せいかく》は違《ちが》うけど、わたしらと同《おな》じでめっちゃジュエルオタクじゃん」

イチカちゃんの言葉《ことば》に、まゆかちゃんのどんぐりみたいな大《おお》きな瞳《ひとみ》が揺《ゆ》らぐ。

「今《いま》から公園《こうえん》に移動《いどう》して、一緒《いっしょ》に遊《あそ》ばない？」

すると今度《こんど》はみうちゃんが、まゆかちゃんの洋服《ようふく》のソデを引《ひ》っ張《ぱ》って、こう言《い》ったんだ。

「あっ、あたしも、ごめん……一緒《いっしょ》にまざっても、良《い》いかな……？」

まゆかちゃんは泣《な》きそうな顔《かお》を見《み》せながらも、うれしそうに笑《わら》った。

「もちろん！」

……どうやら無事《ぶじ》、世界《せかい》にも、まゆかちゃんにも、平和《へいわ》が訪《おとず》れたみたい。

心《こころ》からホッとしながら、わたしと皇《すめらぎ》くんはあの３人《にん》を、少《すこ》し離《はな》れた場所《ばしょ》から見守《みまも》ったんだ――。

「じゃあ真魚《まお》ちゃん！　また遊《あそ》ぼうね！」

――わたしたちは近《ちか》くの公園《こうえん》に移動《いどう》して、一《いち》から仕切《しき》り直《なお》しのジュエルごっこ。

あの後《あと》、黄野《きの》さんを捜《さが》してみたけど、どこにも見《み》つからなかった。

それがよけいにわたしの中《なか》で、黄野《きの》さんがダイヤさまだったという確信《かくしん》に変《か》わったんだ。

一方《いっぽう》でイチカちゃんとみうちゃんは、**生《なま》ダイヤに会《あ》えた！**　ってあの後《あと》も大《だい》こうふんだった。

「真魚《まお》お姉《ねえ》さん。ピンバッジを見《み》せてくれて、ありがとうございました！」

イチカちゃんはわたしに向《む》けて手《て》をふって、みうちゃんはその隣《となり》でペコリと頭《あたま》を下《さ》げた。

「まゆか、寄《よ》り道《みち》せずに真《ま》っ直《す》ぐ帰《かえ》るんだぞ。おれは桃瀬《ももせ》を送《おく》ったら戻《もど》るから」

「もー、碧葉《あおば》はしつこいなぁ。わかってるってば」

ふくれっ面《つら》を見《み》せながらも、まゆかちゃんはイチカちゃんたちと歩《ある》いて行《い》く。

あんなに一緒《いっしょ》に遊《あそ》ぶことを拒否《きょひ》してたのに、今《いま》ではすっかり仲良《なかよ》しだ。

「と、ところで皇《すめらぎ》くん。あの、わたしはひとりでも帰《かえ》れるよ？」

「いや、心配《しんぱい》だから送《おく》る。あとで迷子《まいご》の連絡《れんらく》なんて来《き》たらいやだし」

迷子《まいご》になんて、なりません！

そう言《い》い返《かえ》そうとしたんだけど。

「まぁ、せっかく仲良《なかよ》くなったんだし、3人《にん》だけで帰《かえ》りたいだろ」

なんて言《い》って微笑《ほほえ》む皇《すめらぎ》くんは、やっぱり優《やさ》しいお兄《にい》ちゃんです。

キラキラかがやく夕日《ゆうひ》のように、きらめく光《ひかり》を放《はな》つ皇《すめらぎ》くん。

思《おも》わず彼《かれ》のそんな横顔《よこがお》に見《み》とれていると……。

「真《ま》魚《お》ちゃーん」

まゆかちゃんはわたしの名前《なまえ》を呼《よ》びながら、かけ足《あし》で戻《もど》ってきた。

「あのね、**この間《あいだ》はひどい言《い》い方《かた》して……ごめんね**」

予想《よそう》してなかった謝罪《しゃざい》の言葉《ことば》に、思《おも》わずおどろいてしまう。

それと同時《どうじ》に、今日《きょう》は仲直《なかなお》りのために来《き》たんだってことを、思《おも》い出《だ》した。

バカ真魚《まお》！　一番大事《いちばんだいじ》なことを、すっかり忘《わす》れちゃってたなんて！

「あのっ、わたしの方《ほう》こそ、いやな気持《きも》ちにさせてごめんね！　あの、あれは……」

「うん、大丈夫《だいじょうぶ》。もうわかってるから」

そう言《い》って笑《わら》うまゆかちゃんに、わたしは胸《むね》をなでおろす。

「ねえ、真魚《まお》ちゃん」

まゆかちゃんは、待《ま》ってるふたりに向《む》かって身《み》をひるがえした。

だけど最後《さいご》に、クルリと体《からだ》をこちらに向《む》けて、こう言《い》ったんだ。

「さっき真魚《まお》ちゃんが来《き》てくれた時《とき》、本物《ほんもの》のヒーローみたいだったよ」

………えっ？

「助《たす》けに来《き》てくれて、ありがと」

かけていく小《ちい》さな後《うし》ろ姿《すがた》。

まゆかちゃんのツインテールが、しなるように揺《ゆ》れる。

夕日《ゆうひ》に照《て》らされた彼女《かのじょ》の背中《せなか》は、いつもよりもまぶしい。

キラキラ族《ぞく》だからまぶしいのかな。

だけどその姿《すがた》は一瞬《いっしゅん》で見《み》えなくなった。

「おれのシャツを桃瀬《ももせ》に貸《か》すのは、これで二度《ど》目《め》だな」

バサリと頭《あたま》からかけられた、皇《すめらぎ》くんの白《しろ》シャツ。

「きっ、聞《き》きました？　**わたしは、すみっこ族《ぞく》でモブキャラなのに……」**

「それに泣《な》き虫《むし》だよな」

いつもなら、ひどいって思《おも》うところだけど、今《いま》だけは言《い》えない。

だって実際《じっさい》に、わたしは泣《な》いちゃってたから。

「泣《な》き虫《むし》でもすみっこ族《ぞく》でも、まゆかにとって今日《きょう》の桃瀬《ももせ》は、ヒーローだったよ」

わたしはずっと、ジュエルのアニメを見《み》ながら思《おも》ってた。

もしも自分《じぶん》に選択肢《せんたくし》があるのなら。

わたしはモブキャラでも、守《まも》ってもらうようなヒロインでもなくて。

ジュエルの戦士《せんし》みたいに、誰《だれ》かを守《まも》れるようなヒーローになりたいって。

「でもさ、そんなヒーローがいたって、いいんじゃない？」

皇《すめらぎ》くんは、クシャクシャって、シャツの上《うえ》からわたしの頭《あたま》をなでた。

キラキラ族《ぞく》で、光《ひかり》の戦士《せんし》。

そして、わたしのヒーローがこう言《い》ったんだ。

「今日《きょう》はお疲《つか》れ。それと、まゆかを助《たす》けてくれてありがとな」

14 ダイヤさまのヒミツ

——翌日《よくじつ》の休《やす》み時間《じかん》。

皇《すめらぎ》くんの隣《となり》の席《せき》になってからというもの、わたしの日常《にちじょう》に平穏《へいおん》はない。

「すっ、皇《すめらぎ》くん。なんでこっちを見《み》てくるの？」

「えっ？　**桃瀬《ももせ》がかわいいから**」

ぎゃひー！

満面《まんめん》の笑《え》みでほおづえをつきながら、なんてパワーワードを！

「ややや、やめてください！　顔《かお》に穴《あな》が開《あ》きます！」

「マジかー。ならおれの——**愛《ラブ》の魔法《マジック》で、キラリと解決《かいけつ》しちゃおっかな♪**」

皇《すめらぎ》くんはパチンと指《ゆび》を鳴《な》らしながら、ウインクを投《な》げた。

皇《すめらぎ》くん、暴走中《ぼうそうちゅう》！　危険《きけん》ですっ!!

「そ、そのセリフは言《い》わないでっ！」

あの時《とき》、時間《じかん》のない中《なか》で必死《ひっし》に考《かんが》えたセリフ！
わたしの黒歴史《くろれきし》パート2《ツー》!!
自分《じぶん》で自分《じぶん》の恥《はじ》の上《うわ》ぬりをしてしまうなんて……!!
わたしの心《こころ》がボコボコにへこみ、皇《すめらぎ》くんがツヤツヤな満面《まんめん》の笑《え》みで笑《わら》ってる時《とき》。

「桃瀬《ももせ》さん、いる？」
そんな声《こえ》が、教室《きょうしつ》の入《い》り口《ぐち》から聞《き》こえた。
すみっこ族《ぞく》のわたしを呼《よ》ぶのは、普段《ふだん》なら担任《たんにん》の先生《せんせい》くらいなのに。
そう思《おも》って顔《かお》を向《む》けると――。
教室中《きょうしつじゅう》が、おどろきの声《こえ》につつまれた。
もれなくわたしも――**ぎょえええええ!!**
わたしを呼《よ》び出《だ》したのは、まさかのダイヤさまこと黄野《きの》さんだった。

ドキドキドキドキドキドキ。
ダイヤさまと一緒《いっしょ》にいると、いつも動悸《どうき》がすごいです。

「昨日《きのう》はあの後《あと》、大丈夫《だいじょうぶ》だった？」

「へっ？」

「なんかもめてるようにも見《み》えたから、心配《しんぱい》してた。勝手《かって》に飛《と》び入《い》りしちゃったし」

勝手《かって》に飛《と》び入《い》りだなんて……いつでもウェルカムです。

「だっ、大丈夫《だいじょうぶ》でした！　むしろすごく助《たす》かりました。ありがとうございました」

わたしは思《おも》わず直角《ちょっかく》90度《ど》に、頭《あたま》を下《さ》げた。

ちょうどそんなタイミングで――バサバサと羽《はね》の音《おと》が聞《き》こえて、顔《かお》を上《あ》げる。

すると「ピチチッ」とかわいい声《こえ》で鳴《な》く小鳥《ことり》さんが、黄野《きの》さんの肩《かた》の上《うえ》に止《と》まった……!?

さらに黄野《きの》さんの首《くび》に、ほおずりまでしている！

「あっ、ごめんね。ぼく動物《どうぶつ》に好《す》かれやすいみたいでさ」

……そんなことって、あるんですか？

ミケちゃんに続《つづ》き、小鳥《ことり》さんまで肩《かた》のり。

動物《どうぶつ》に好《す》かれやすいにもほどがありますが……ダイヤさまならあり得《え》ますね！

「その小鳥《ことり》さんは、使《つか》い魔《ま》ですか？」

「ぶっ！」

えっ？　どこからか、変《へん》な音《おと》が聞《き》こえた気《き》が……？

わたしがあたりをキョロキョロとしてる中《なか》、黄野《きの》さんは小鳥《ことり》さんのほおを指先《ゆびさき》でなでてる。

「ずっと、桃瀬《ももせ》さんに言《い》おうと思《おも》ってたことがあるんだ」

わたしに、言《い》おうと思《おも》ってたこと？

「なかなか言《い》い出《だ》せなくて、**でも今《いま》がそのタイミングかな。**邪魔者《じゃまもの》もいないし」

一体《いったい》、どんなヒミツを教《おし》えてもらえるんだろう。

そんな期待《きたい》に、わたしの胸《むね》がドキドキし始《はじ》めた頃《ころ》、黄野《きの》さんが口《くち》を開《ひら》いた。

「ぼく実《じつ》は、桃瀬《ももせ》さんのこと——」

「ちょっと、待《ま》った!!」

ガサガサと植木《うえき》をかき分《わ》けて、少《すこ》し離《はな》れた花壇《かだん》から飛《と》び出《だ》して来《き》たのは——。

「す、皇《すめらぎ》くん？」

なつ、なんでここに？

「あのさ、**悪《わる》いけど桃瀬《ももせ》はおれの彼女《かのじょ》なんだから、諦《あきら》めてくんない!?」**

「やっぱり、隠《かく》れてたんだ？　ぬすみ聞《ぎ》きなんて、良《い》いシュミしてるね」

「うるさいな！　人《ひと》の彼女《かのじょ》を呼《よ》び出《だ》して、コソコソと告白《こくはく》するやつに言《い》われたくないんだけど！」

いつになくこうふん気味《ぎみ》の皇《すめらぎ》くんに、わたしは思《おも》わず目《め》をしばたたかせる。

皇《すめらぎ》くんの言《い》い方《かた》だと、まるで黄野《きの》さんがわたしに愛《あい》の告白《こくはく》をしようとしてるみたいに聞《き》こえる。

黄野《きの》さんがわたしのようなすみっこ族《ぞく》に、そんな告白《こくはく》をするわけがないのに。

そう思《おも》ってる間《あいだ》にも、ふたりの会話《かいわ》はエスカレートしていく。

「告白《こくはく》するのは、人《ひと》の勝手《かって》でしょ。つき合《あ》ってるからって、そこまで遠慮《えんりょ》が必要《ひつよう》なの？」

「ああ、必要《ひつよう》だね。なにせ、おれと桃瀬《ももせ》はラブラブだからな。それなのに横《よこ》やり入《い》れられたら、いやだろ」

皇《すめらぎ》くんが、グイッとわたしの肩《かた》を抱《だ》き寄《よ》せた。

ぎゃひっ！　と声《こえ》をあげそうになったのを、ギリギリで引《ひ》っ込《こ》め、心《こころ》の中《なか》でこうとなえる。

な～む～あ～み～だ～ぶ～つ～

精神統一《せいしんとういつ》だ。心《こころ》を無《む》に。

そんなわたしをよそに、黄野《きの》さんはさらにこう言《い》った。

「ぼくが本当《ほんとう》は、ジュエルの『ダイヤ』じゃないって話《はなし》が、どうしてふたりの間《あいだ》に横《よこ》やりを入《い》れることになるんだ？」

「そりゃそうだろ……って、はっ？」

皇《すめらぎ》くんのこうふんしていた熱《ねつ》が、急速《きゅうそく》に下《さ》がっていくのがわかる。

だけど――今度《こんど》はわたしの熱《ねつ》が上《あ》がる番《ばん》です!!

「こここ、こんなに全《すべ》てが一致《いっち》しているのに？」

「全《すべ》てじゃないよ」

そう言《い》って、黄野《きの》さんの目《め》の下《した》にあるホクロを、指《ゆび》の腹《はら》で拭《ぬぐ》った。

それはダイヤさまの特徴《とくちょう》と一致《いっち》するもの。

だけどその指《ゆび》をのけると――**ホクロがなくなっているではありませんか!?**

「どっ、どういうことですか!?」

「言《い》ったでしょ。ぼくはダイヤじゃない。**ただ少《すこ》し、キャラに似《に》せてただけなんだ**」

「でで、でも、ホクロ以外《いがい》も同《おな》じですよ！　それにこないだはダイヤさまのセリフまで……！」

黄野《きの》さんは申《もう》し訳《わけ》なさそうに、目《め》じりを少《すこ》し下《さ》げた。

そんな彼《かれ》をなぐさめるかのように、肩《かた》に乗《の》った小鳥《ことり》さんが、黄野《きの》さんの首《くび》にほおを寄《よ》せた。

「見《み》た目《め》が似《に》てることは知《し》ってた。よく街中《まちなか》でも子《こ》どもたちに声《こえ》をかけられるし。ぼくの弟《おとうと》もそのアニメをよく見《み》るから、セリフも勝手《かって》に覚《おぼ》えてしまうんだ」

おっ、弟《おとうと》？

「じゃ、じゃあ、昨日小学校《きのうしょうがっこう》に来《き》てたのも……？」

「弟《おとうと》を迎《むか》えに行《い》っただけだよ」

――**ガビーン！**

本日《ほんじつ》、桃瀬真魚《ももせまお》の世界《せかい》が滅亡《めつぼう》しました……。

「そ、そんな……皇《すめらぎ》くんの深《ふか》い闇《やみ》を照《て》らすために、現《あらわ》れたんだとばかり思《おも》ってたのに……」

ショックです。というか、まだ半信半疑《はんしんはんぎ》なんですが……。

「あのさ、**おれの深《ふか》い闇《やみ》とか言《い》うのはやめてくれる？**　なんかやだわ。そもそもその設定《せってい》は桃瀬《ももせ》が決《き》めたものでしょ」

皇《すめらぎ》くんが隣《となり》で何《なに》やら文句《もんく》を言《い》ってるけど、今《いま》はそれどころではない。

「前《まえ》に言《い》ったと思《おも》うけど、ぼくは桃瀬《ももせ》さんと話《はな》してみたかったんだ」

それは本当《ほんとう》に、夢《ゆめ》のようなお言葉《ことば》です……。

「怖《こわ》がらせないようにと思《おも》って、桃瀬《ももせ》さんが好《す》きなジュエルのキャラ――ダイヤに、髪型《かみがた》を寄《よ》せて、ホクロも描《か》いてマネてたんだ」

黄野《きの》さんはわたしを見《み》つめながら、口《くち》のはしをほんのり持《も》ち上《あ》げた。

だけどその笑《え》みには、どこか申《もう》し訳《わけ》なさと悲《かな》しみがにじんで見《み》えた。

「最後《さいご》まで役《やく》になりきれなくて、ごめんね」

そんな顔《かお》を見《み》せられると、わたしの方《ほう》こそ悲《かな》しみよりも申《もう》し訳《わけ》ないって気持《きも》ちが、ふくれ上《あ》がってくる。

「……あの、**こちらこそ、今《いま》までカン違《ちが》いしてすみませんでした**」

きっとわたしが、黄野《きの》さんをダイヤさまだと言《い》ってたせいで、本当《ほんとう》のことを伝《つた》えられなかったんですよね……？

「いいんだ。ぼくもそうさせてたわけだから」

いつもの淡々《たんたん》とした表情《ひょうじょう》で、黄野《きの》さんは優《やさ》しく言《い》った。

「これからは、同《おな》じ学校《がっこう》で同《おな》い年《どし》の黄野翔真《きのしょうま》として、接《せっ》してくれたらうれしい」

「も、もちろんです！」

「できれば、敬語《けいご》もさん付《づ》けもやめてもらえるとありがたいけど」

ああ！　確《たし》かに、それはそうですよね！

今《いま》まではダイヤさまだと思《おも》ってたから、敬語口調《けいごくちょう》だったけど。

「じゃ、じゃあ……黄野《きの》、くん？」

遠慮《えんりょ》がちにそう言《い》うと、黄野《きの》くんはおどろいた顔《かお》を見《み》せた後《あと》、目《め》を細《ほそ》めて笑《わら》った。

――ドキリ。

目《め》の下《した》のホクロがなくても、ダイヤさまにそっくり。

そんな顔《かお》で、そんなことを言《い》われると、思《おも》わずドキドキしてしまいます！

「これからも、話《はな》しかけていいかな？」

黄野《きの》くんがスッと差《さ》し出《だ》した手《て》をにぎろうと、わたしも手《て》を出《だ》した。

――だけど。

「ももも、もちろ――」

「ダメだね」

スパンッと、冷《つめ》たい言葉《ことば》で言《い》い切《き》ったのは、皇《すめらぎ》くん。

しかも**わたしと黄野《きの》くんの手《て》を、手刀《しゅとう》で切《き》り離《はな》しながら。**

「なっ、何《なに》をするんですかっ！」

「桃瀬《ももせ》、言《い》ったでしょ。ウワキはダメだって」

ウウウ、ウワキですか!?

「変《へん》なこと言《い》わないで！　黄野《きの》くんはお友《とも》だちです！」

はっ！　大《おお》きな声《こえ》で友《とも》だちだと言《い》ってしまったけど……そもそも友《とも》だちなのかな？

話《はな》しかけてもいいかって聞《き》かれたぐらいで、友《とも》だち宣言《せんげん》なんて、正気《しょうき》なの!?

黄野《きの》くんの反応《はんのう》が怖《こわ》くて、恐《おそ》る恐《おそ》る顔《かお》をむけてみるけど、相変《あいか》わらずのクールな表情《ひょうじょう》をしてるだけだった。

これは、セーフってことかな？

「皇《すめらぎ》って、モテるっていうウワサを聞《き》いたことがあったけど……その割《わり》に余裕《よゆう》ないんだね」

カーン！

……あっ。

今《いま》、戦《たたか》いのゴングが鳴《な》りました？

「ううっ！」

「ええっ！　すっ、皇《すめらぎ》くん!?」

急《きゅう》に胸《むね》をおさえながら、苦《くる》しそうに顔《かお》をしかめてる。

いっ、一体《いったい》、何《なに》が——。

「もっ、桃瀬《ももせ》……おれ、心《こころ》に闇《やみ》が広《ひろ》がってるみたいだから、ラブリーパワーを注入《ちゅうにゅう》してくれない？」

んぎゃあああぁ！

「急《きゅう》に闇堕《やみお》ちしないでくださいっ!!」

しかも闇設定《やみせってい》の話《はなし》をするな、なんて言《い》ったのは皇《すめらぎ》くんでは!?

「ごめん。おれの心《こころ》が弱《よわ》いばっかりに……またダークマターに乗《の》っ取《と》られそう……」

ぎゃー！　今《いま》はそういうのいいですから！

「桃瀬《ももせ》の愛《あい》が欲《ほ》しいなぁ～？　じゃないとおれ、死《し》ぬかも……」

皇《すめらぎ》くんはニヤリとほくそ笑《え》みながら、胸《むね》をおさえ続《つづ》けてる！

やめて！　でも死《し》なないでっ！

とはいえ、どうしたら……。

「桃瀬《ももせ》さん、大丈夫《だいじょうぶ》。ぼくがダイヤに変身《へんしん》したら、彼《かれ》も助《たす》かるよ」

「いや、**お前《まえ》ニセモノだろ**」

「邪《よこしま》な演技《えんぎ》には、ちょうどいいでしょ」

なんで、なんでふたりはこんなに、仲《なか》が悪《わる》いの？

はっ、**もしかしたら仲《なか》が良《い》いのかな!?**

ケンカしてるように見《み》せて、実《じつ》はしてないのかもっ！

白石《しらいし》さんと鈴川《すずかわ》さんが、そうだったし……？

そう思《おも》いながら、再《ふたた》びふたりに目《め》を向《む》けるけど——どちらにしても、**すみっこ族《ぞく》のわたしには、この状況《じょうきょう》は耐《た》えられそうにありません!!**

ここは、**逃《に》げて戦略《せんりゃく》を練《ね》り直《なお》すべしっ！**

「すっ、皇《すめらぎ》くん！　わっ、わたしは急《きゅう》に、あなたとふたりきりになりたいなー？　なんて思《おも》ってます！　なので一緒《いっしょ》に教室《きょうしつ》へ戻《もど》ろうっ！」

「なんだよ。ふたりきりになりたいとか言《い》いながら、なんで教室《きょうしつ》目指《めざ》すわけ？　**クラスメイト全《ぜん》員《いん》いるじゃん。ここより人《ひと》いるじゃん**」

ぐぬぬ、確《たし》かにー！

文句《もんく》を言《い》いながらも、皇《すめらぎ》くんはわたしについて来《き》てくれるみたい。

それによって、いがみ合《あ》う（ように見《み》える）ふたりを引《ひ》き離《はな》すことに、成功《せいこう》！

「じゃ、じゃあ黄野《きの》くん。またね——ぎゃひっ！」

わたしがまたねって言葉《ことば》を放《はな》ったシュンカン、皇《すめらぎ》くんの笑顔《えがお》に黒《くろ》い霧《きり》が立《た》ちこめた。

恋愛《れんあい》ごっこは全力《ぜんりょく》で！

そのルールにのっとって、本気《ほんき》で嫉妬《しっと》する彼氏役《かれしやく》を演《えん》じている皇《すめらぎ》くん。

怖《こわ》いので、少《すこ》しお手《て》やわらかにお願《ねが》いしたいですっ!!

「またね、桃瀬《ももせ》さん」

皇《すめらぎ》くんとは相反《あいはん》するように、ペパーミントのような爽《さわ》やかさをかもしながら、黄野《きの》くんはわたしたちの姿《すがた》が見《み》えなくなるまで、手《て》をふり続《つづ》けてくれた。


「ねぇ、真魚《まお》ちゃん♡」

「ななな、なんですかその呼《よ》び方《かた》は！　そのハートマークは!!」

ブクブクと泡《あわ》でも吹《ふ》き出《だ》しそうになりつつ、わたしの歩調《ほちょう》は速《はや》くなる。

「なにって、おれらカップルだし」

あわててあたりを見回《みまわ》して、黄野《きの》くんも、他《ほか》の生徒《せいと》の姿《すがた》もないことを確認《かくにん》して——。

「ニセモノだよね!?　それは踏《ふ》み込《こ》んではいけない境界線《きょうかいせん》です！　呼《よ》び方戻《かたもど》して!!」

「なんでだよ。まゆかは良《よ》くて、どうしておれは呼《よ》んだらダメなんだ？」

「そっ、それは……理由《りゆう》はわからないけど、なんかいやです！」

「なんだよそれ！　せめて納得《なっとく》できる理由《りゆう》で断《ことわ》ってよ」

皇《すめらぎ》くんってば、どんどん要望《ようぼう》が増《ふ》えてる気《き》がするんだけど、気《き》のせい？

「とにかく、いやなものはいやなのでっ！」

「あー、そんなこと言《い》っちゃうんだ？　まゆかが今度《こんど》、桃瀬《ももせ》と一緒《いっしょ》にジュエルのアニメを見《み》たいって誘《さそ》ってたんだけどなぁ」

ジュエルオタク同士《どうし》で、一緒《いっしょ》にアニメを!?

なんて楽《たの》しそうな会《かい》なのでしょうか〜！

「桃瀬《ももせ》、行《い》きます！」

「だったら、家《いえ》に来《く》るまでにおれのこと、碧葉《あおば》くんって呼《よ》んでね♪」

それは、なに地獄《じごく》ですかっ!?

それがもし、交換条件《こうかんじょうけん》なのだとしたら……。

「わたしはこの先一生《さきいっしょう》、皇《すめらぎ》くんのお家《うち》には行《い》けそうにないですね……」

「**どんだけハードル高《たか》いんだよ。**おれもそろそろ傷《きず》つくぞ」

ごっこ遊《あそ》びのカップルなのに、本当《ほんとう》に傷《きず》ついたように、シュンとする皇《すめらぎ》くん。

なんでもできちゃう皇《すめらぎ》くんは、演技《えんぎ》も上手《じょうず》だ。

「そうだ。今日《きょう》は部活《ぶかつ》がないから、久《ひさ》しぶりに放課後《ほうかご》デートしよっか♪」

ぎゃひぃぃぃん！

「すっ、皇《すめらぎ》くん！　**それはブラック企業《きぎょう》です!!**」

「いや、どういう意味《いみ》だよ？」

「契約《けいやく》の関係《かんけい》とはいえ、かかか、書《か》かれてない労働《ろうどう》が多《おお》い！」

それでなくとも、毎休《まいやす》み時間《じかん》は地獄《じごく》をみてるし。

それにお昼休《ひるやす》みはレクチャーだってある。

もちろんそれは、わたしのためのものではあるけれど。

……メンタルとエネルギーを回復《かいふく》する時間《じかん》が、少《すこ》しは欲《ほ》しい。

「確《たし》かに、それもそうだな」

ふむっ、なんて、腕《うで》を組《く》んで考《かんが》え込《こ》む皇《すめらぎ》くん。

だけどすぐに、雨上《あめあ》がりの空《そら》みたいな晴《は》れ晴《ば》れとした表情《ひょうじょう》を見《み》せた。

「おれ、桃瀬《ももせ》のことが好《す》きだよ」

「ぎゃひっ、どこからそんな話《はなし》に!?」

そもそもまた、そういうことをカンタンに言《い》って……って続《つづ》きの言葉《ことば》ははき出《だ》せなかった。

だって、わたしと視線《しせん》を合《あ》わせようと、少《すこ》しかがんで——。

「だから……これからもずっと、一緒《いっしょ》にいたいんだ」

——そんな言葉《ことば》を、やわらかな笑《え》みと共《とも》に、言《い》うから。

困《こま》ったことに、わたしの心臓《しんぞう》はドキドキと騒《さわ》ぎ出《だ》してしまった。

キラキラ族《ぞく》はずるい。

ううん、皇《すめらぎ》くんがずるい。

リアルで恋愛《れんあい》なんてあり得《え》ないすみっこ族《ぞく》に、こんなハートアタックをおみまいできるのは、きっと皇《すめらぎ》くんくらいだ。

「……ことわざでさ、よく言《い》わない?」

わたしの心《こころ》の中《なか》は、皇《すめらぎ》くんの表情《ひょうじょう》とはうって変《か》わって、嵐《あらし》が吹《ふ》き荒《あ》れてる。

その嵐《あらし》を起《お》こしたのは皇《すめらぎ》くん。

「好《す》きこそものの上手《じょうず》なれ、ってさ？」

……だけど、それを止《と》めたのも彼《かれ》だ。

「楽《たの》しんでやる方《ほう》が上達《じょうたつ》が早《はや》いって意味《いみ》だけど、桃瀬《ももせ》もそうやっておれとごっこ遊《あそ》びを楽《たの》しんでよ」

嵐《あらし》が去《さ》って平穏《へいおん》を取《と》り戻《もど》したかのように、わたしの心《こころ》は今《いま》、超絶《ちょうぜつ》しずかだ。

「そしたらさ、契約外《けいやくがい》の労働《ろうどう》だって、苦《く》だと思《おも》わなくなるでしょ？」

さっきまでの爽《さわ》やかな笑《え》みがウソのよう。

「……それは、ブラック企業《きぎょう》だと認《みと》めるということですね？」

皇《すめらぎ》くんは、真《ま》っ黒《くろ》なキラキラとしたかがやきをたずさえ、笑《わら》った。

「ようこそ皇《すめらぎ》カンパニーへ。しっかり会社《おれ》を愛《あい》してね、真魚《まお》ちゃん♡」

手《て》をピストルに見立《みた》てて、皇《すめらぎ》くんはわたしに向《む》けて——パンッとうった。

「……お父《とう》さんお母《かあ》さん、ごめんなさい。真魚《まお》は過労《かろう》にて息《いき》をひきとります」

そう言《い》って、わたしはその場《ば》にくずおれてしまった。

すみっこ族《ぞく》でモブキャラの、桃瀬真魚《ももせまお》。

この際《さい》、ヒーローにもヒロインにもなれなくていいので、世界《せかい》が——そしてわたしの人生《じんせい》が、平和《へいわ》であることを祈《いの》ります！

あとがき

『2分《ぶん》の1フレンズ』(ニブイチって略《りゃく》してます♪)の2巻《かん》を読《よ》んでくれて、ありがとうございます!

主人公《しゅじんこう》の真魚《まお》は、碧葉《あおば》に出会《であ》うまでになん度《ど》も、低《ひく》いコミュ力《りょく》を上《あ》げようとしたり、友《とも》だちを作《つく》ろうとしたりとがんばってきました。

だけどなん度《ど》も失敗《しっぱい》すると、またがんばるのはしんどいですよね? だってもう、失敗《しっぱい》した経験《けいけん》をしちゃってるので。

同《おな》じことを繰《く》り返《かえ》すんじゃないかと思《おも》って、わたしなら怖《こわ》くなります。

真魚《まお》はひとりでがんばって、なん度《ど》も失敗《しっぱい》して、心《こころ》が折《お》れて、立《た》ち上《あ》がれなくなっていました。それでも1巻《かん》でもう一度《いちど》立《た》ち上《あ》がり、2巻《かん》では自《みずか》らの足《あし》で歩《ある》き出《だ》します。

……そんな真魚《まお》の物語《ものがたり》、ニブイチはこの2巻《かん》で完結《かんけつ》です。

物語《ものがたり》はここで終《お》わりますが、真魚《まお》の人生《じんせい》は続《つづ》きます。

また、心《こころ》が折《お》れることがあるかも。立《た》ち止《ど》まって、前《まえ》に進《すす》むのが怖《こわ》くなる時《とき》が来《く》るかも。

でも、それはきっと、この本《ほん》を読《よ》んでくださったみなさんも同《おな》じですよね?

みなさんが足《あし》を止《と》めた時《とき》、怖《こわ》いな、いやだな、って思《おも》うことがあった時《とき》、少《すこ》しでも真魚《まお》のことを思《おも》い出《だ》してもらえますように。

時間《じかん》がかかったとしても、真魚《まお》ならきっと、再《ふたた》び立《た》ち上《あ》がって歩《ある》き出《だ》します。そんな真魚《まお》がみなさんに勇気《ゆうき》を与《あた》えられる、ひとりのお友《とも》だちでありますように。

2024年《ねん》11月現在《がつげんざい》、角川《かどかわ》つばさ文庫公式《ぶんここうしき》 HP が使《つか》えなくなってますが、代《か》わりに『note』というサイトで『角川《かどかわ》つばさ文庫《ぶんこ》クラブ』というのが開設《かいせつ》されてます! そこではニブイチの短編《たんぺん》や、キャラクターの自己紹《じこしょう》介《かい》カードがアップされてるので、ぜひのぞいてみてくださいね。そこから本《ほん》の感想《かんそう》やコメントも送《おく》れますよ♪

感想《かんそう》はいつも楽《たの》しく読《よ》んでます。お手紙《てがみ》を送《おく》ってくれた方《かた》には、お返事《へんじ》を返《かえ》してるので、よければお待《ま》ちしています—◎

それではまた、どこかでお会《あ》いできることを祈《いの》って。浪速《なにわ》ゆうでした☆

角川つばさ文庫

浪速ゆう／作

７月28日生まれ、大阪府出身。著作に、「なりたいアナタにプロデュース。」シリーズ（全３巻）、「２分の１フレンズ」シリーズ（いずれも角川つばさ文庫）、「年下男子のルイくんはわたしのことが好きすぎる！」シリーズ（集英社みらい文庫）、『妄想ラブレター』『キミと初恋。』『金魚すくい』（いずれもスターツ出版）がある。読書、アニメ、映画鑑賞、旅行が好き。

さくろ／絵

イラストレーター。12月28日生まれ、愛媛県出身。ゲームのキャラクターデザインやイラストを多く手掛ける。書籍の装画を手掛けるのは、本シリーズがはじめて。

角川《かどかわ》つばさ文庫《ぶんこ》

２分《ぶん》の１フレンズ②

キミとの日々《ひび》はトラブルだらけ！？

作《さく》　浪速《なにわ》ゆう
絵《え》　さくろ

2024年11月13日　初版発行

発行者　山下直久
発　行　株式会社KADOKAWA
〒102-8177　東京都千代田区富士見 2-13-3
電話　0570-002-301（ナビダイヤル）
印　刷　大日本印刷株式会社
製　本　大日本印刷株式会社
装　丁　ムシカゴグラフィクス

ISBN978-4-04-632310-1　C8293　　N.D.C.913　191p　18cm

●お問い合わせ
https://www.kadokawa.co.jp/（「お問い合わせ」へお進みください）
※内容によっては、お答えできない場合があります。
※サポートは日本国内のみとさせていただきます。
※Japanese text only

読者のみなさまからのお便りをお待ちしています。下のあて先まで送ってね。
いただいたお便りは、編集部から著者へおわたしいたします。
〒102-8177　東京都千代田区富士見 2-13-3　角川つばさ文庫編集部